by Christine
Féret-Fleury

La fille qui lisait dans le métro

地铁上读书的女孩

［法］克里斯蒂娜·费雷-弗勒里　著
张昕　译

中信出版集团 | 北京

图书在版编目（CIP）数据

地铁上读书的女孩 /（法）克里斯蒂娜 · 费雷 - 弗勒里著；张昕译 . -- 北京：中信出版社，2019.8
ISBN 978-7-5217-0798-4

Ⅰ . ①地… Ⅱ . ①克… ②张… Ⅲ . ①中篇小说—法国—现代 Ⅳ . ① I565.45

中国版本图书馆 CIP 数据核字 (2019) 第 144111 号

地铁上读书的女孩

著　　者：［法］克里斯蒂娜 · 费雷 - 弗勒里
译　　者：张昕
出版发行：中信出版集团股份有限公司
（北京市朝阳区惠新东街甲4号富盛大厦2座　邮编　100029）
承 印 者：中国电影出版社印刷厂

开　　本：880mm × 1230mm　1/32　　印　　张：5.75　　字　　数：109千字
版　　次：2019年8月第1版　　印　　次：2019年8月第1次印刷
京权图书：01-2019-3313　　广告经营许可证：京朝工商广字第8087号
书　　号：ISBN 978-7-5217-0798-4
定　　价：48.00元

将我的出道之作献给纪尧姆和玛德莱娜……

也献给你——在我写下这本小说的最后几个句子时，

来到这个世界的小罗宾。

愿这些“纸质的朋友”——书籍——忠诚地陪伴着你，

让你快乐，给你安慰，

直到永远！

我常常暗自设想，天堂应该是图书馆的模样。

——［阿根廷］博尔赫斯《关于天赐的诗》

1

那个戴帽子的男人总是在贝尔西站上车，总是选择第一节车厢的第一扇车门。如果没有任何意外情况，17 分钟后，他就会在拉莫特-皮凯-格勒内勒站从同一扇车门下车。所谓“没有任何意外情况”是指地铁正常运行，按部就班地进站、停车、打铃、关闭金属门，没有因人多而限流，没有事故，没有警报，没有罢工，也没有交通管制导致的中途停驶，是个普通的日子。在这样的日子里，我们总觉得自己就像是一部刚上好油的庞大机器的组成部分。不管情愿与否，每个人各有位置，各司其职。

在这样的日子里，朱丽叶总是用蝴蝶形状的太阳镜挡住半张脸，脖子上还围着一条大围巾。这条围巾是她外祖母阿德里安娜 1975 年的时候给自己女儿织的，整整有两米半长，用的是现在看来已经过时的蓝色毛线。夏季晚上七点钟，遥远的天边就是这种颜色，而且并不是在随便什么地方的天边，必须从普拉德镇的高处往卡尼古山脉那边看，才能够见到这样的蓝色。在这样的日子里，朱丽叶暗想，比起今天早上她在淋浴时淹死的那只蜘蛛，她在这个世界上的存在真的就更有意义吗？

她不喜欢那么做——用淋浴喷头对准那个黑色的、毛茸茸的小东西，眼角余光瞥见蜘蛛的那八条细腿先是疯狂地抖动，接着突然蜷作一团。她眼看着那只蜘蛛在水面上打转。它那么轻，那么微不足道，就像是从她最喜欢的套头衫上扯下来的一根细羊毛。最后，水流把它带进了浴室地面上的排水口，自动挡板果断地一开一合，很快就什么都看不见了。

她是连环杀手。那些蜘蛛每天都会从未知的起点出发，朝上面爬呀爬呀，经过漫长的旅途，准确地出现在她家的各种管道口。每天被她冲进排水口的会不会是同一批蜘蛛？它们被冲进又深又暗的下水道，再沿着纵横的管道来到这座城市的地底。她很难想象那里的模样……会不会就像个臭气熏天的大水库？那些被她冲进下水道的蜘蛛麇集在这个大水库里，伸展身体，重获新生，再次开始向上攀爬，尽管每次努力几乎注定以失败告终。朱丽叶——一个罪人，一个令人恶心的谋杀犯——在它们眼里，肯定像个毫无同情心的神，不知什么时候就会来开启那扇地狱之门。可是，她连杀戮时都显得那么漫不经心，大部分的时候更是忙得连杀戮的时间都没有。

如果说那些蜘蛛被冲到地底算是“逃出生天”，那它们到底为什么还要再往上爬？它们决定往上爬的时候，到底有没有意识到那将会是什么样的旅程？它们的目的到底是什么呢？

那个戴帽子的男人说不定能回答她的问题——如果她敢去问的话。每天早上他都会打开自己的公文包，从里面拿出一本书。那本书用近似绿色、薄得几乎透明的纸包了皮。那个男人会慢慢抚平每一处折叠的页角，接着用一根手指准确地探到两张书页之间——那里夹着一张跟书皮相同材质的书签。然后，他开始阅读。

那本书的封面上印着“有益于人类、动物及艺术的昆虫史，随书附赠《害虫的破坏力》”。

男人轻轻抚摸着那带有斑点的精装皮面，以及那绘着金色条纹的书脊，书的名字在红底的书脊上显得格外鲜明。

他翻开那本书，把它贴近自己的脸，半眯起眼睛，轻嗅着它的气息。

他总是只看两三页就停下来不再继续。他的模样就像个美食家，仿佛他此时正捏着精致的小银勺子，津津有味地品尝着面前的奶油泡芙。他的脸上带着满足，露出神秘的微笑……朱丽叶很为他的微笑着迷，总觉得跟《爱丽丝梦游仙境》中那只柴郡猫的笑容有着异曲同工之妙。估计是动画片看多了吧。

到了坎布罗恩站，这种微笑就消失了，取而代之的是某种留恋和遗憾的神情。男人合上书，把它放回公文包，“啪嗒”一声扣上搭扣，然后站起身来。有时候，朱丽叶坐在他的正对面；有时候，她站在那里，紧紧抓住面前的扶手——每天都有数百只手攥着那些扶手，有的手上戴着手套，有的则没有——扶手已经被攥得发亮了。无论坐着还是站着，朱丽叶总是贪婪地看着他，可他从来不曾看向朱丽叶，一次也没有。

他总是小步离开，脊背挺得很直，大衣扣子一直系到下巴底下，帽檐斜斜地搭在左边眉毛的上方。

如果他没戴帽子，如果他没露出那样的微笑，如果他没有小心地将自己的珍宝藏进公文包……朱丽叶恐怕根本不会注意到他。他原本就是那种随处可见的男人：既不英俊，也不丑陋；既不惹人喜欢，也不招人讨厌。稍微有点胖，看不出确切年纪。总而言之，要是按那些老生常谈的说法，他不过是“芸芸众生中的一员”而已。

一个男人。

或者应该说——一个读书的男人。

“蜜蜂、蚕、胭脂虫、蚧壳虫、蝼蛄、鼠妇、斑蝥、蚂蟥……”

“你念叨什么呢？”

正在小声嘀咕的朱丽叶吓了一跳。“哦，没什么！就是儿歌一类的东西……我在努力回忆一些名词……”

“我刚收到了伏尔泰大街那间房子的能耗检测报告。”克洛埃说，她显然没听到朱丽叶在说什么，“相关材料都是你在管，对吧？”

朱丽叶迟疑了一下才点点头。她还在想着那个看包着绿色书皮的昆虫书的男人，想那些昆虫、那些蜘蛛……

今天早上她淹死了两只蜘蛛。

“给我吧，我这就去归档。”朱丽叶对克洛埃说。

朱丽叶转动椅子，从占据办公室整整一面墙的架子上取出一个文件夹，把那几页检测报告塞了进去。她突然注意到，自己手里这个文件夹是屎黄色的，真是再没有比这更让人难受的颜色了。架子上放满了这样的文件夹，贴在夹子上的标签大多翘起了一个角，以至于整面墙看起来都在往前倾，简直像是朝她猛扑过来的一大股泥石流。朱丽叶闭上眼睛，想象着泥水汩汩流动的声音，表面不停爆裂着沼气气泡……还有那种气味……她突然用力捏住鼻子，勉强压下胃里翻腾上来的强烈的恶心感。

“你怎么啦？”克洛埃问。

朱丽叶耸了耸肩膀。

“你怀孕啦？”她的同事坚持不懈地继续问道。

“没有，怎么会！我只是在想……你每天上班都对着这面墙，到底怎么做到的啊……这颜色，实在是太恶心了。”

克洛埃瞪圆了眼睛盯着她。

“‘太恶心了’？”她一字一顿地重复道，“你开玩笑的吧？我听过不少奇奇怪怪的说法，你这种形容倒是第一次听到。不过就是些文件夹而已嘛，它们是挺丑的，这我同意，可是……你真没事儿吧？”

朱丽叶轻轻敲着自己的办公桌，每敲一下就想一个词——

蜜蜂、蚕、胭脂虫、蚧壳虫、蝼蛄、鼠妇、斑蝥、蚂蟥……

“我挺好的，”她回答说，“哎，你坐地铁的时候都看什么书啊？”

2

地铁里有上了年纪的女士、数学系的学生、鸟类学爱好者、园林设计师……还有恋爱中的姑娘。至少，朱丽叶猜测她应该是个恋爱中的姑娘：她贪婪地阅读大部头的爱情小说，许多书页都因为被反复翻阅而折了角。看到四分之三的地方时，她的呼吸会变得微微急促，睫毛上还缀着小小的泪珠。有时候书的封面上是一对男女，他们在血红色的背景里紧紧缠抱；有时候那上面印着低胸内衣的花边，让人不由自主地浮想联翩。此外，还有赤裸着上身的男人，半隐半露的腰部曲线，被弄皱的床单，或是衬衫袖口的两粒纽扣，全都不动声色地为书名做着注脚……书名底下有时横着充当着重线的皮革马鞭……每当看到大约第 247 页（姑娘在旁边时，朱丽叶曾经偷偷瞥过一眼，以便确定页数）的时候，年轻姑娘的睫毛间就会缀满了泪滴。她眨一眨眼，包裹在正装上衣里的浑圆胸部一起一伏，一声情不自禁的叹息冲出双唇。泪水在她眨眼和叹息的时候滑落下来，慢慢地滑向她那尖尖的下巴。

为什么是第 247 页呢？朱丽叶一边这样问自己，一边用目光追随着一把撑开的雨伞。这里是杜布雷站，站台上的一家三口正在用那把伞对抗着斜向刮来的狂风。其实朱丽叶只能通过伞下的腿猜测他们是一家三口：穿栗色天鹅绒裤子的小短腿，穿牛仔裤的长腿和穿被划破的连裤袜的细腿。突然涌现的是怎样的情绪？紧紧堵住喉咙的是怎样的焦虑不安，怎样的撕心裂肺？愉悦满足或随波逐流带来的是怎样的心灵震颤？站台那边的雨伞底下，又究竟在发生什么呢？

朱丽叶一边胡思乱想，一边用指尖轻轻敲着自己那本书的封面。她经常太过沉溺于观察周遭，以至于很少打开自己的书来读。这是一本口袋书，切口上染了咖啡渍，书脊上还有裂纹，被她从这个包换到那个包，比如单肩斜背的大帆布包——那是朱丽叶从房屋中介下班后要去购物的时候背的，再比如精致的小手袋——那是属于周五的包包，因为周五晚上是“电影之夜”。书的第 32 页和第 33 页之间夹着一张明信片，已经一周多没动过位置了。明信片上的风景是一个远方的山村，村子下方是镶嵌画般的田野，在阳光中泛出金属般的光泽。现在，朱丽叶把这张风景明信片同那位上了年纪的女士联系在了一起。那位女士总是在翻看同一本烹饪书，有时候还会露出微笑，就好像关于菜肴的介绍能让她回想起年少轻狂的日子。有时候，那位女士合上书，把没戴戒指的右手放在书上，隔着地铁的玻璃窗，凝望着塞纳河中逆流而上的小艇，或是因为淋过雨水而闪闪发亮的屋檐。那本烹饪书的封底上写着意大利语，封底正中的照片上画着两个形状漂亮的甜椒，一个胖胖的茴香头，以及一块莫萨里拉干酪。一把牛角刀柄的餐刀在那块干酪上留下了笔直的切痕。

蜜蜂、蚕、胭脂虫、蚧壳虫、蝼蛄、鼠妇、斑蝥、蚂蟥……朝鲜蓟、橙子、番茄、绿豆、西葫芦……馅饼、鹿里脊、奶汁烤虾……[1]

蝴蝶般的词语在拥挤的车厢里翩翩飞舞，最后停落在朱丽叶的指尖上。她觉得自己想象出的画面有点幼稚可笑，可她只能想到这样一幅画面。到底为什么要把词语比作蝴蝶呢？为什么不是萤火虫，为什么不能说“词语像萤火虫般闪烁了几秒钟，然后就熄灭了”？她什么时候见过萤火虫？说实话，从来没有。现在已经没有萤火虫了，哪里都没有——恐怕是这样。只有关于萤火虫的回忆，属于她的外祖母的回忆——她现在戴的这条围巾就是外祖母织的。她的外祖母和那位看烹饪书的上了年纪的女士有点儿像——同样白皙的脸，同样平静的神情，同样有些粗糙的手和短短的手指。不过她的外祖母的手上戴了一枚戒指。那是一枚很粗的婚戒，年复一年地戴在那里，终于在手指的皮肤上留下了无法消除的印痕。长了斑的、满是褶皱的皮肤渐渐堆叠，覆盖住那枚圈住手指的圆环。

① 从“朝鲜蓟”开始，原文为意大利语。——译者注

仿佛是身体消解了戒指，使得那誓言的象征也成了身体的一部分。“萤火虫呀，萤火虫是从天上坠落的星星。”外祖母以前总会这么说，“那时候我还很小，大人们要求我一入夜就睡觉，可夏天的夜晚偏偏来得很慢很慢！夕阳一点点地挪过百叶窗的条条缝隙，至少要花上两小时的时间。接着，阳光轻盈地滑到了地毯上，又沿着床柱爬上了我的床。突然，用螺丝固定在高处的那个铜球开始发光了。我知道，我再次错过了最美的景色：太阳浸没在大海中的那个时刻。那时的海水应该就像葡萄酒，或是鲜血。于是我把睡裙打了个结……你能想象吧？就系在腰上，打得格外紧。我攀着葡萄架往楼下爬，像只真正的小猴子。我跑啊跑啊，一直跑到田野尽头，从那里能看见大海。后来天足够黑的时候，我就跑到度假屋后面，吊在门上荡来荡去，那里的栅栏门总是开着……我就是在那儿看见萤火虫的。它们一下子就到了我面前，我始终不知道它们到底是从哪儿来的，也可能是从地底下钻出来的吧。它们安安静静地悬在空中，落在草叶上……我一动不动，甚至连气也不敢喘。我的周围全是闪烁的星星。”

地铁在慢慢减速。塞弗尔－勒古布站。还有三站或者四站，这取决于当天是周几，以及朱丽叶的心情。金属车厢微微颤动，关门铃在响。朱丽叶突然站起身来，从正在关闭的车门缝隙中挤了出去。车门夹住了她的上衣下摆。她用力一拽，把那块衣角拽了出来。朱丽叶一动不动地站在站台上，觉得有点儿喘不过气。那列地铁在她的视线里渐渐远去。早晨的灰色天空下，几个刚下车的乘客裹紧厚厚的大衣，匆匆走向地铁站出口。在二月的早上，有谁会出于兴趣在大街上到处闲逛，仰脸看天，观察云彩的形状？又有谁会满脸好奇，探头探脑，悄悄地认真研究一家新开的店铺或者陶艺作坊？没有人。在这样的早上，人们会从暖烘烘的公寓前往各自的办公室，喝着咖啡，打着哈欠，讨论当天的任务，家长里短，各种新闻——通常都是些让人泄气的新闻。朱丽叶从每天下车的地铁站到房屋中介公司的正门，只需要穿过一条马路而已。几段楼梯，一段人行道，然后就是左手边的三家店——依次是洗衣店、香烟店和土耳其烤肉串店。香烟店的橱窗里摆着一棵塑料圣诞树——仍然装饰着花彩和亮闪闪的蝴蝶结，现在已经开始落灰了。树顶上没放星星，而是套着一顶带白绒球的红软帽，看起来就像块湿抹布似的挂在那里。

她想看些别的东西。朱丽叶往地铁站尽头走去，那里贴着街区地图。她可以沿着右手边第一条街往前走，在第二个交叉路口往右转，用不了十分钟就能到公司。多走一小段路能让她暖和起来。她甚至不会迟到——应该不会的。迟到也没关系，反正负责开门的是克洛埃。那姑娘总是准时准点，简直守时得不正常。至于经理贝纳尔先生，他永远都是九点半之后才会来。

朱丽叶快步走上马路，接着强迫自己慢下脚步。她必须得摆脱平时的习惯，不再两眼紧盯着近在咫尺的目的地，匆匆忙忙地往前冲。没有任何激动人心的事情在等她，什么也没有……只有需要填写和整理的房屋资料，以及冗长的列表上那一条条让人厌烦的待办事项，可能最多带着客户去看一两处房。真是“美好的”日子，就好像她当初是为了这些才选择这份职业的。

为了“与人建立联系”——她当初填写求职表格的时候就是这么写的。与人建立联系，没错。走近别人，从他们的眼睛里读出他们的梦想和渴望——甚至连他们自己都未曾察觉的梦想和渴望，然后帮他们找到一个家。梦想可以在那里起航；胆怯的人可以在那里重拾信心；沮丧的人可以在那里再次微笑着面对生活；孩子可以在庇护中成长，不必担心狂风的抽打和摧折；疲惫不堪的老人可以在那里平静地等待死亡的到来。

她想起自己第一次带人看房的情景。一对三十多岁的夫妻，行色匆匆。进入公寓楼之前，她提议说：“我们可以先去喝杯咖啡，我需要更好地了解你们，这样才能准确定位你们的期望值。”她当时很有信心地这样说着……现在想来，她已经很久都没有那么自信过了。“准确定位你们的期望值”，她觉得这种说法听起来很不错——她看到客户经理分发给每个职员的手册上就是这么写的。可是那个男人盯着她，先是抬了抬一边眉毛，然后抬起手来，用一种意味深长的姿势轻轻敲了敲手表的表盘。那个女人始终拿着手机看短信，甚至连头都没抬一下，就连上楼梯的时候也一直盯着手机屏幕。朱丽叶心灰意冷，机械地背诵着前一天晚上记住的房屋信息：

整块的方石外墙，富有魅力的奥斯曼式建筑风格……两位肯定一眼就注意到大厅的瓷砖贴面了吧，我们在保持原样的基础上做了修复，绝对安静……你们可以坐电梯到五楼……两位请看，楼梯上的地毯有多厚……她觉得自己语无伦次，声音像是从很远的地方传来的，尖厉得可笑，就好像小女孩硬要假装成年人说话一样。她简直同情自己，一种想要大哭的荒谬感让她喉咙发紧。那对夫妻在公寓里转了一圈，像急行军似的看完了朝向院子里的三间卧室。她上气不接下气地跟在他们身后，不停地说着话，一个又一个单词相互推挤着出现又消失，几乎混乱得前言不搭后语：合适的举架高度，大理石壁炉，设计感，精致的雕刻，非常整齐，镶木地板，菱形，很少见的设计，可以再装修出一间卧室或者书房，加一层阁楼就行了……他们没有听她说话，没有相互看过一眼，也没有提出任何问题。她鼓起勇气试着向他们提问："你们弹钢琴吗？你们有孩子或者是……"没有任何回答。一道光刚好照在一块积了灰的镶木地板上，她没看清，脚下踉跄一步。她的声音越来越遥远，细得像是一只蚊子在叫，没人能听见她接下来说了什么：南北通透的套房，光线非常充足，从早上九点钟起厨房就有太阳……他们已经走了，她一路跑过去追。她追到马路上，把自己的名片递给那个男人，他连看都没看就放进了口袋。

那时候她就已经知道，她不可能再见到他们了。

一声海鸥的鸣叫声将朱丽叶拉回了现实。她停下脚步，抬眼看去。那只鸟伸展着翅膀，在她的头顶盘旋飞翔。一片云在它下方低低飘过，它的嘴、它的身体都隐没在云中。她只能看见那伸展的翅膀尖，只能听见那声鸣叫回响在高墙之间。它突然就飞远了。一阵狂风刮疼了朱丽叶的脸，搅得她头脑发晕。清醒过来之后，她环顾四周：这是条空旷无人、死气沉沉的街道，两侧建筑的灰泥外墙上有不少长条形的潮湿痕迹，鱼鳞状的墙皮已经开始片片剥落。她原本要来这儿做什么？朱丽叶打了个哆嗦，用长长的围巾掩住鼻子，继续往前走去。

“扎伊德！”

那声呼喊似乎是从很高的地方传来的，但那个朝她跑来的小女孩却好像根本没听见。那小小的身体柔软而富有冲劲，直直倒在朱丽叶腿边。女孩另一侧，一个翻倒的垃圾桶里滚出许多待回收的塑料制品。女孩收回纤细的胳膊，站稳身体，很快便重新跳动着冲上光滑的马路。朱丽叶转过身，看着小女孩一路远去——短裙旋转飞扬，草绿色的短套头衫，两条辫子像在空中跳舞……她的目光无意中落在一扇高大的、生了锈的铁门上。那扇门是半掩着的，因为门缝里夹着一本书。是的，一本……书。

门上挂着一块搪瓷质地的牌子。牌子上印着几个蓝色的大字“书籍无界”。“简直像是从战争年代的电影里直接拿出来的道具。”朱丽叶心想。

3

朱丽叶又往前走了三步。她伸出手，轻轻抚过那些因为潮湿而翘起的书页。她的舌尖轻舔了一下上嘴唇。朱丽叶眼看着一本书被夹在铁门扇中间，这简直比亲手淹死一只蜘蛛更让她难受。她小心地用肩膀倚住其中一边门扇，慢慢往里推。那本书稍微往下滑了一点儿，朱丽叶接住了它，她的肩膀仍然靠在那扇门上。她打开那本书，把它凑近自己的脸。

她向来喜欢近距离地感受书，喜欢嗅闻它们的味道，尤其是刚买的二手书。根据纸张和胶水的不同，不同的新书当然也会有不同的气味，但它们还从来没被什么人久久地拿在手里，还从来没有住过真正的房子，所以它们始终是空白的，它们还没有故事——一个与它们所讲的内容截然不同的故事，一个在翻动书页之时同步发生、四下蔓延，却不为人知的故事。有些书带着发霉的气味，另一些书的书页之间保留着经久不散的咖喱味、茶叶味或是干花瓣的香气。某一页上的内容被点点黄油弄脏，曾在一整个夏日午后被当作书签的长长草叶悄然碎成尘埃，加过下划线的句子或是在页边空白处做的笔记仿佛是由虚线构成的隐秘日记，勾勒出模糊的人像，有时候甚至见证着某种愤慨，某种决然的中止。

她手里的这本书有着街道的味道——由铁锈、烟雾、鸟粪和焦煳轮胎混合而成的味道。然而，它同时散发出令人惊讶的薄荷味。一些细茎从折页之间无声无息地掉落下来，那股香味更强烈了。

“扎伊德！”

随着第二声呼唤而来的，是一阵奔跑的脚步声。朱丽叶感觉到有个温热的小身体从背后撞上了自己。

“对不起，女士。”

那孩子的声音听起来严肃得令人诧异，同时流露出属于声音主人的惊讶情绪。朱丽叶低下头，看见一双棕褐色的眼睛，那深暗的颜色使位于虹膜正中的瞳孔显得微微放大。

“我住在这儿，就这里面，”小女孩说，“能让我过去吗？”

朱丽叶低声回答：“当然可以。”

朱丽叶不自然地往旁边让了一步，那扇沉重的铁门又开始合拢了。小女孩用两只手推开门。

“就因为这个，爸爸才总在这儿放本书。”她耐心地对朱丽叶解释，“把手太费劲了，我根本推不开。”

“那为什么非要放书呢？”

这个问题冲口而出，听起来像一句责备。朱丽叶感到自己脸红了——她的脸已经很久没有这样发烫了，尤其不会在这么个小女孩面前这样发烫。

扎伊德——她的名字可真好听——耸了耸肩膀。

“哦，你说这个呀！爸爸说，它们都是‘废废’。好玩儿吧？听起来就像一种大猴子似的。这些书里有好多页的内容都是一样的，有三四个地方呢，你明白了吧？它们没印好，我们没法看。呃，也不是一点儿都不能看。让我看看你拿的这本！”

小女孩伸长脖子，闭上眼睛，抽了抽鼻子。

“我试着看过这本，这故事挺搞笑的：有个女孩遇上一个男孩，她一开始特讨厌他，后来又爱上他了，可是再后来他又特讨厌她了，然后……我看得烦死了，于是就放了点儿薄荷叶进去，这样至少闻起来挺不错的。”

“这倒是个好主意。”朱丽叶轻声说。

“你要进来吗？你也是‘传递者’吗？我以前从来没见过你呢。”

“传递者”？朱丽叶摇了摇头。这个说法让她回想起一部黑白电影中的画面：在隧道里弯腰奔跑或在带刺铁丝网下匍匐前进的模糊人影，背着挎包，骑着自行车运送抵抗运动传单的少女们故作天真地朝一个德军士兵露出微笑，那家伙脑袋上扣着的钢盔看起来就像个灰绿色的沙拉盆……那些画面已经在影院里或是电视上出现过上百次，它们如此熟悉，如此顺理成章，以至于人们有时会忘记它们背后隐藏的恐怖事实。

“那你是想当‘传递者’喽？”扎伊德继续问道，“那很简单呀，来吧，咱们找我爸爸去。”

朱丽叶再次做了个否认的动作。随后，她的目光从小女孩的脸上移开，重新落在那块有着神秘题字的牌子上——乍看之下似乎很好理解，书籍当然既没有限制，也没有边界，只不过有时候作者跟读者语言不通，这是显而易见的，可为什么要……

她不知道自己究竟在想些什么，但她能够隐约感觉到时间正一分一秒地过去。她该走了，离开这条街，尽快找到房屋中介公司的后门，回到那间被霓虹灯照亮的办公室，继续闻房屋档案和客户档案散发出的灰土味，继续听克洛埃没完没了的闲聊，以及贝纳尔先生的咳嗽——随着季节的变化，他有时干咳，有时咳痰——然后，带着那几个退休的人第四次去看房。因为他们没法决定到底该选哪里：米利拉福雷的独栋小屋，还是意大利门附近的两居室。

“来吧。”扎伊德语气果断地重复说。

小女孩握住朱丽叶的手，把她拉进院子，又小心地把那本书放回门缝里。

“我爸爸的办公室就在那边最里面，有玻璃门的那间，你去敲门就行。我要上楼啦。”

“你不用去上学吗？”朱丽叶下意识地问。

“我们班有个同学得了水痘，”小女孩十分认真地回答，“老师让我们都回家。我这儿还有学校给我爸爸的通知单呢，你不相信吗？”

那张圆圆的小脸皱成一团，她朝朱丽叶微微吐了吐舌头，就像是在做一个担忧的鬼脸。那光滑的粉红色舌尖让朱丽叶想起用杏仁糖膏制成的花朵。

“当然相信。”

“那就好。因为你们总是什么都不信，你们都这样。”小女孩耸耸肩膀，像在总结陈词一般说道。

她转过身，一跃跳上台阶，那两条辫子又在她肩膀上跳起舞来。她的头发很厚，同样是棕褐色的，被冷硬的日光灯照到的地方会泛出蜜色的反光。每条辫子都跟她那纤细的手腕一般粗细。

小女孩一路跑上金属楼梯，来到贯穿整个二层楼的长走廊上——那走廊看起来有些年头了。与此同时，朱丽叶犹犹豫豫地朝她先前所指的那扇玻璃门走去，但并不是很清楚自己为什么要跟着那个女孩走进院子，也不清楚为什么要按照她的指示去做——现在仔细想想，那就是一道指示吧，或许也可以说是建议？总而言之，对一个小女孩言听计从是完全没道理的。朱丽叶已经迟到了，这一点不用看表就知道。此时此刻，一阵极细密的雨从空中飘落下来，温柔地淋湿她的皮肤，让她想去寻找温暖，或是一个暂时的避风港……考虑到今天上午她没有任何急事要办……她可以继续推说家里的洗衣机彻底坏掉了，反正最近几个月它一直不太好用，她甚至还曾经跟贝纳尔先生详细说起过这个问题。贝纳尔先生连续给她推荐了好多型号的洗衣机，不过他坚持要让她买个德国牌子的，并且一口咬定说“德国货的质量要可靠得多”。他甚至提出每周六都陪她去一家他很熟悉的家电商场转转，因为他认识那儿的经理——那人是他的远房堂兄，一个“非常实诚的人”，肯定能给她提供很好的购买建议。

那扇玻璃门闪闪发光，玻璃表面映出一角天空，不过屋子里还是点着一盏灯。

朱丽叶抬起手，敲了敲门。

4

“门没锁！”

一个男人的声音。隔着门，听不太清楚，似乎有些沙哑，还带着某种很难形容的口音。屋子最里面似乎摆着一大堆东西。朱丽叶推开门，第一眼就看见了成堆的硬纸箱，最上面的几个摞得有点儿歪了，摇摇欲坠。

“小心！”她不禁大叫一声，只可惜为时已晚——堆叠的纸箱瞬间塌了下去，从地上腾起一大团灰尘。朱丽叶不停地咳嗽，赶紧用手捂住了口鼻。她听见有人用她听不懂的语言咒骂了一句，看见或者应该说模模糊糊地看见有人动了一下——刚才说话的男人跪在那里，正用一只手撑着身边的书。他的头发也是黑褐色的，穿着一身黑衣服，看起来相当瘦削。他抬起另一只手，擦了擦被灰尘呛出的眼泪。

“不是吧！我已经都归好类了啊……您来帮我一把好吗？”

这一回，他的语气里有些命令的意味。捂着嘴的朱丽叶说不了话，她只好点点头，试探性地朝着亮灯的地方走去——男人的声音就是从那里传过来的。混乱的书籍和纸箱中间果然有一个人，他正使劲地挥动着胳膊，过短的袖口里露出瘦骨嶙峋的手腕。这时候灰尘稍微落下一些，朱丽叶终于看清了他的侧脸。那张脸轮廓分明，线条几乎像刀削斧凿般锐利。他的鼻子又高又挺，如同某些希腊雕像，或是克诺索斯遗址壁画中的古希腊勇士。去年夏天，朱丽叶曾在克里特岛上待了两周，自那以后，她经常会梦见那些勇士。他们挥舞着细长的标枪，像是正在奔赴某处战场。他们全都看着同一个方向，狭长的眼睛里充满对不朽荣耀的深切渴望。

“当然可以。”最后她小声说，并不确定对方是否听到了她的回答。

那个男人徒劳地在书堆里翻来动去，就像个拙劣的游泳者，结果只是把掉落的书弄得更加混乱。那些书气势汹汹地堆到他的大腿处那么高，它们相互推挤，相互堆叠，摞在最上面的书不断地往下滑，一本挨着另一本，最后堆出一个倾斜的扇面，有些书甚至已经完全翻开了。朱丽叶仿佛突然听见鸟儿振翅时的颤动声，就像山雀从灌木丛中飞出时的那种声音。

等她来到那个男人面前，他也刚好抬起了头。他就像个单纯的孩子，把一脸的慌乱完全暴露在她眼前。

“我想不起来之前是怎么整理的了，好像是按主题和国别，也可能是按类型。”他像在道歉似的接着说，“我做事特别不专心。

我女儿总是为此批评我。她说，我的脑子怕是很久以前就被一只小鸟给叼走了。”

“小扎伊德吗？”朱丽叶问道，她已经蹲了下来，正伸出手去捡书，“她是您的女儿？”

她眼前堆着的都是左拉的书，几乎算得上是他的小说全集，《卢贡家族的家运》《贪欲的角逐》《穆雷教士的过失》《爱情一页》《家常琐事》《娜娜》《杰作》……朱丽叶把它们重新归拢到一起，整齐地摆成一摞，放在地板上汹涌潮水般的书堆旁边。

“您见过我女儿？”

“是的，就是她让我进来的。”

“看来我得让她以后更加小心些。”

“我看起来是个危险人物吗？”

左拉的那些书被拿走之后，另一张男人的面孔露了出来——他的嘴唇上留着一条讲究的小胡子，神情倨傲地盯着朱丽叶。她辨认着那本书的书名——《漂亮朋友》。

“莫泊桑，”她说，“那边是都德，自然主义小说，您之前大概是按着文学类型来整理的吧……”

他并没有听她说话。

“不不，您看起来并不危险，”他自顾自地思考了一会儿，然后很肯定地说道，“您自己开书店吗？或者是大学老师，还是图书管理员？”

“都不是，我……我在房地产业工作。不过，我的外祖父曾经开过书店。我小时候特别喜欢他的店，特别喜欢给他帮忙。我特别喜欢书籍的味道……”

书籍的味道……她不必走进外祖父的书店，只要一看见那扇窄窄的橱窗，立刻就能闻到属于书籍的味道。外祖父每次只在橱窗里摆一本书，通常是艺术类的书籍，平摊开来放在阅览架上，每天都会翻过一页。她不禁想起，那时候总有人在橱窗前驻足观看“当日画作”：范·勒伊斯达尔的小幅风景画、格勒兹的肖像画、尼古拉斯·奥赞的海景画……

无论是小女孩时的她，还是后来长成少女的她，始终把那里当作《一千零一夜》里的辉煌宫殿，当作阴雨连绵的周三下午唯一可去的藏身之处。她既可以帮忙把新到的书籍摆上书架，也可以躲在储藏室里尽情阅读。她的外祖父爱书成痴，总在不断寻找各种罕见的珍藏本。他买回的二手书足够填满好几座图书馆，其中大部分都堆在高高的箱子里，摆在店门的右手边。那时候，朱丽叶总在挖掘这些宝藏。她不但从中发现了许多经典儿童文学，还发现了不少已经开始被人遗忘的作家：查尔斯·摩根、达芙妮·杜穆里埃、巴尔贝·德·奥勒维利，以及数不清的英国女性小说家，其中包括罗莎蒙德·莱曼。朱丽叶如饥似渴地读着阿加莎·克里斯蒂的小说，觉得它们犹如美味无比的糖果……

那是多么美好的日子啊！

穿黑衣服的男人突然说话了，他的声音猛地将她拉回了现实："对了，您把这些书拿上吧。我刚想起来，我之前不知道把它们放在哪里才好。我想，这也就意味着……它们该离开了。"

朱丽叶条件反射般地张开双手，接过他递来的那摞书后，才惊讶地重复他刚才的说法："该离开了？"

"对啊，您难道不是为了这个才来的吗？您想做个'传递者'，不是吗？正常情况下，我应该先向您提些问题的。我还提前准备过一张问题列表呢，就放在那边……"他含糊不清地朝自己的办公桌指了指，那上面堆满了看起来毫无价值的文件和各种剪报，"可我每回要用的时候都找不到。话说回来，我该去给您倒杯咖啡。"

"我……不，不用了，谢谢，我得……"

"可我得向您解释一下……我们的运作模式……哦，虽说是'我们'，其实应该是'他们'才对，因为我……呃，这说起来就有点复杂了。不过我从来不出门的。"

他用两只手灵活地撑了一下，站起身来，迈过那些纸箱，朝屋子最里面走去。那里有张小桌子，桌上摆着金属架子之类的东西，看起来制作得格外精细。另外还有一些杯子和一个盒子，盒子上印的"勒菲弗尔-尤迪饼干"已经有些模糊不清了。

"这是我自己发明的咖啡壶。"他背对着朱丽叶解释，"它的工作原理就跟燃木颗粒炉差不多……您明白我的意思吧？"

"不太明白。"朱丽叶小声嘀咕，觉得自己像是闯进了一个虚幻的世界。

她刚才已经迟到了，现在更是迟到得厉害。克洛埃肯定已经打过她的手机——关机——来问她是不是生病了。贝纳尔先生肯定已经到公司了，左转，进门，来到他那间玻璃隔断的办公室。他会脱下外套，把它放进壁橱，挂在垂着圆形雪松木片的衣架上——那块木片是用来防蛀虫的——并且仔细检查外套的肩部是否被整理成了直角。他也会启用自己的专用咖啡壶，再往陶瓷咖啡杯里放上两块糖。那是个来自利摩日的杯子，杯口上镶嵌着两条细细的金线。曾经有一回，他亲口承认，这是唯一一个在他妈妈的魔掌下幸免于难的咖啡杯。他妈妈长得挺迷人，但总是笨手笨脚的。她把这套杯子里的其他几个全都打碎了，甚至还曾经用其中一个砸了他爸爸的脑袋——因为她发现这个男人竟然瞒着自己跟秘书乱搞，超级“经典”的家庭琐事。电话肯定已经响过一次或者两次了。克洛埃肯定已经接了客户电话。现在几点了？朱丽叶焦虑地扫了一眼窗户（为什么是窗户呢？），接着便闻到了咖啡豆的香味，负罪感顿时被她抛到了脑后。那个男人起劲儿地摇着磨豆机的木头手柄，嘴里哼唱着什么，就好像已经忘记了她的存在。与其说朱丽叶听见哼唱的声音，倒不如说她感觉到那旋律正萦绕在她的周围，然而它转瞬即逝，迅速消失在空气里。

“我叫苏莱曼，”他转过身来对她说，“您呢？”

5

“我父亲特别喜欢莫扎特。”片刻之后，当他们慢慢喝着几乎像糖浆般浓稠的黑咖啡时，苏莱曼继续说道，“所以我姐姐和我的名字都来自莫扎特的歌剧《扎伊德》中的人物。我女儿干脆就叫‘扎伊德’。”

“那您的母亲呢？她没有意见吗？”

这句话刚一出口，朱丽叶就意识到了自己的冒失，红着脸放下杯子。

“真抱歉，我有时候想到什么就全说出来了。这是您的家事，我不该多嘴的。”

“没关系。”苏莱曼微微一笑，若有若无的弧度使他的面部线条由锐利变得柔和，“我母亲很年轻就去世了。可以说，她已经在我们的生活中彻底消失很久了。这也算是某种形式的……缺席吧。”

他没再多做解释，目光在堆放于隔墙边的纸箱子上逡巡。它们排得整整齐齐，几乎像屋瓦般一层叠着一层，形成了一道新的隔墙，比原本的墙要厚上一倍，把这个小小的空间与外面的光亮和声音隔离开来。

“您知道‘图书漂流’的规则吧？”数秒钟的沉默之后，他重新开口问道，“2001年，有个叫罗恩·霍恩贝克的美国人发明了这个概念……不，确切地说，他让这个概念更加系统化了。把整个世界都变成图书馆……真是个好主意，对吧？人们可以把书放到某个公共场所，比如火车站、广场长凳、电影院……某个人拿走这本书，阅读它，阅读过程可能是几天，也可能是几周。然后这位读者要把它放到下一个地方去。”

他双手交叉，抵着下巴，两只手臂和桌面形成一个近乎完美的等边三角形。

“这些‘获得自由的书’应该是可以追踪的，比如说让大家了解它们的漂流路线，或者让读过书的人分享自己的看法。所以‘图书漂流’有个专门的网站，每本书‘出发’之前都要在上面注册，这样才能追踪到它们的动态。每本注册过的书都有唯一的识别码，可以做成标签直接贴在封面上，当然还要加上‘图书漂流’的网址。这样一来，如果有人‘捕获’了一本在漂流中的书，就可以直接登录这个网站，记录他发现这本书的日期和地点，还可以在上面留下个人意见或是评论……”

“您做的也是这种‘图书漂流’吗？”朱丽叶打断了他的介绍。

“不完全一样。”

苏莱曼站起身，朝朱丽叶刚才仓促摞好的几堆书走去。他从每一堆的最顶上各拿了一本书。

“好了，您看，我们现在相当随机地产生了这么一个组合：托尔斯泰的《战争与和平》、约恩·卡尔曼·斯特凡松的《天使的忧伤》、伊莱娜·内米洛夫斯基的《法兰西组曲》、让-克劳德·穆勒法的《冬日的战争》、德尔菲娜·德·维冈的《无以阻挡黑夜》，还有克雷蒂安·德·特鲁瓦的《坐囚车的骑士兰斯洛特》。下一个走进这间办公室的传递者必须负责把所有这些书传递出去。”

“负责？”朱丽叶加重语气问。

“没错，他不能只把书放在室外或是火车上就完事。如果您还没理解，我的意思是说，他不能‘随便处理’这本书，他必须‘负责’为它寻找读者。”

“可是怎么……”

“他必须认真挑选一位读者，男女均可。他得去观察，甚至跟踪某个人，直到直觉告诉他，这个人究竟需要什么书。您不要误会，这真是一份正经工作。我们把书交给某个人的时候，表面上看虽然是无缘无故的，但这绝不是为了惹恼别人，不是因为心血来潮，更不是想让对方大吃一惊，或者出于恶意挑衅的目的。我这里最优秀的传递者全都天生拥有强烈的同理心。有些人从外表来看与他人无异，但我的传递者们能从自己内心最深处感知这些人，从而去理解他们心中正在累积怎样的失望或怨恨。既然说起这个，我想我应该跟您讲讲我那位出类拔萃的传递者……不幸的是，就在不久之前，她离开了我们。”

他放下手里的书，转身用两根手指小心地拈过一张 A4 尺寸的放大照片。

“我原本想把它贴在这间办公室的墙上，但她肯定会不高兴的。她是一位谨慎而安静的女士，甚至有些神秘。我始终没弄清她到底从哪里来……就好像我始终没弄清她为什么要结束生命。”

朱丽叶感觉自己喉咙发紧。由书籍构成的高墙似乎再次向她逼近，它密不透风，充满威慑力。

“您是说她……”

“是的，她两天前自杀了。”

他把那张照片放在桌上，推到朱丽叶面前。那是一张由黑白底片打印出来的照片，稍微有些颗粒感。由于拍摄距离过远和打印质量不佳，照片上的细节显得很模糊。但朱丽叶立刻认出了那位身材矮胖，脖子缩在冬季外套里，在镜头前半侧过身的女士。

那是地铁 6 号线上的女士，读烹饪书的女士……有时会面露微笑、期待地看向窗外的女士。

“真是非常抱歉！我怎么做出这种蠢事！”

这已经是苏莱曼第四次或第五次重复这句话了。他刚给朱丽叶拿来一盒纸巾、另一杯咖啡以及一个盘子——它看起来不太干净——并把饼干盒里装的饼干全都倒在盘子上。

“您认识她？”

“……是的。”她终于回答说，“其实也不是。她每天早上都跟我坐同一班地铁。我昨天确实没看到她，前天也没有。我原本应该猜得到的……我原本应该为她做点儿什么的……”

苏莱曼起身来到她身后，手法笨拙地帮她揉按肩膀。那轻重不匀的力道竟然让她恢复了平静。

“当然不行。您恐怕什么也做不了。听我说，我很抱歉，非常非常抱歉……”

朱丽叶神情尴尬地笑了起来。

“您不要再说这句话了。”

她坐直身体，用力眨着睫毛，想要逼退眼里的泪水。这小小的空间显得更加逼仄起来，就好像由那些书籍构成的隔墙又朝他们逼近了一步。这当然是不可能的。正如她所知道的，自己头顶上那道隐约形成的曲线同样是不可能的——最后一排的那些大部头书真的会朝她弯下腰吗？它们的精装书脊正准备轻声安慰她吗？

朱丽叶摇了摇头。她站起身来，拂去落在裙子上的饼干渣。她觉得那些饼干口感偏软，味道古怪……很可能是放了太多肉桂的原因。苏莱曼倒是一点儿饼干也没吃。咖啡壶——那个壶每隔一段时间就会发出轻微的撞击声——仍在冒着热气，在他面前形成变化不定的纱幕，模糊了他的面部线条。她刚才一直在偷偷打量他，每当他们的眼神相遇，她就抬起头，转开目光。当他起身走到她身后，她简直松了一口气。即便他始终面带微笑，即便他的微笑柔和了那无比整肃的嘴唇……可她仍然觉得，在此之前她恐怕从没见过如此浓黑的眉毛，以及如此悲伤的目光。这张面孔能让人同时联想起狂风骤雨、荣耀辉煌、盛极而衰。他到底有多大年纪呢？

“我真的该走了。”朱丽叶说，看上去不像是在跟苏莱曼说话，倒更像是在说服自己。

“但您会回来的。”这并不是个疑问句。他把那摞书递给她，书本中间已经用一截布带子系紧了。“真像以前的时候啊，”她暗想，“小学生们接过新发的课本，把系书的绳子一甩，将书背在背后。甜蜜又沉重的负担。大家一面激动不已，一面满心忐忑。”她丝毫没觉得惊讶，就好像从没想过他会用塑料袋来装这些书。

“嗯。我会回来的。”她把那摞书稳稳地夹在胳膊底下，转身走向门口。手指触到门把手的时候，她突然停了下来。

“您看爱情小说吗？”她问，并没有再次转身。

“您肯定会觉得很惊讶，”他回答，“我看爱情小说，偶尔看。”

“第 247 页发生了什么？”

时间一分一秒地过去：他似乎在认真思考她提出的问题，也可能是在追溯一段记忆。然后，他说——

“在第 247 页，一切似乎毫无希望。您看，这是最好的时刻。”

6

朱丽叶站在拥挤的地铁车厢里，感觉自己斜背的布袋子正卡在肋骨和左侧的胯骨之间，整个肋部都被硌得生疼。“这些书正打算以各不相同的角度压进我的身体。”她暗想，“它们你推我挤，争着成为第一个，就像一群被困住的固执的小野兽。今天早上，它们几乎都带着敌意。”

她知道这是为什么。昨天回家以后，她到底还是给公司打了个电话，说自己的身体不太舒服……“不，不，没什么大事，一点儿小毛病而已，休息一天就没事了。”她把那些书胡乱地塞进购物用的大帆布包，拉上拉链，把包放在大门口，又把雨伞放在包上面。天气预报里说，本周将有让人郁闷的阴雨天。然后她打开电视，把声音调得很大，一边吃着用微波炉加热过的速冻意大利千层面，一边观看关于北方塘鹅的纪录片，接着是关于某位过气摇滚明星的纪录片。她需要世俗的噪声，它可以把她与那个装满书的地方分隔开，把她与刚刚在那个极其狭小的空间里度过的时间分隔开。

不，与其说它狭小，倒不如说它被入侵了——那间办公室简直是由书构成的。它们被摆在架子上，堆在桌子底下，靠在扶手椅旁边，放在敞着门、毫无凉气的冰箱的搁板上……书似乎已经挤占了每一处闲置的空间。

至于她从那里带回家的那些书……她真希望能把它们从记忆里抹掉。既然抹不掉，那就只能不去看，也不去想。工业制造的番茄肉酱的半甜不咸的味道填满了她的嘴巴，音乐、欢呼、鸟类的呼朋引伴、秘闻、解读和闲聊充斥着她的耳朵，她回归了熟悉的、平庸的、不算糟糕至极的、勉强可以忍受的……生活，没错，她唯一熟知的生活。

今天早上，这些被忽视的书对她展开了充满怨气的报复。

这真是愚蠢的想法。

“我说，”坐在她正前方的那个裹在迷彩派克大衣里的矮个男人低声咕哝，“您的包看起来很硬。您在里面装了些什么啊？”

朱丽叶低下头，刚好能看到他那一绺绺涂满发胶的头发中间露出的闪着亮光的肉色秃顶。她机械地回答：“是书。”

“您还在上学？我看不像。哦，您看，我也不是说读书不好，只不过在您这年纪，更应该……”

朱丽叶没有听见后面的话，地铁在震颤中停了下来，车门打开，涌动的人潮带走了那个唠唠叨叨的男人，他一转眼就不见了。

一个穿着皱巴巴的雨衣、又高又瘦的女人挤了过来，坐在他刚刚的位置上。朱丽叶没有抱怨。整段路程中，她随着地铁晃来晃去，任凭那些书紧贴着自己。它们似乎在利用各自的位置，通过最少的接触，给她造成最大的麻烦。朱丽叶背靠着颤动的薄薄隔断，一路坚持忍受。然而她目光所及的每个人都没有显露出任何不适的情绪，每张侧脸上都只有沉重的厌倦，就像是一层始终镶嵌在人脸上的厚重外壳，并且随着时间的推移变得越来越厚。

她总算到了站。朱丽叶挤进正在上下楼梯的络绎不绝的人群。重新踏上那条熟悉的人行道时，她被绊了一下。她抬起头，用目光寻找着公司的招牌。她看见无数白色的长方形，边缘是亮橙色……那是陈列在橱窗里的房屋信息。她一直跑到公司门口才停下。

她是第一个来的。所以她有足够的时间打开自己和克洛埃摆放个人物品的衣柜，再把背着的帆布包藏在短外套底下。放好之后，她重重地关上了柜门，虽然不知道这样做有什么意义。她坐在办公桌后面，桌上已经有一沓尚未齐全的文件在等着她处理，还有一张便利贴，上面写满了克洛埃潦草的字迹：

你身体好没？我正带人看房。直接来G街那间丑公寓找我。亲亲，爱你！

去G街的丑公寓，也就是说，这将是一次非常、非常漫长的看房。那间公寓的面积是 50 平方米，几乎所有空间都被走廊和毫无价值的大卫生间填满了。那个卫生间里还摆着猫脚浴缸，浴缸的四脚生满了锈。克洛埃算是遇到难题了。几天前克洛埃讲述了自己的“作战计划”，兴致勃勃地向朱丽叶历数在巴黎市中心有个浴缸的种种好处。

“如果来看房的是对夫妻，这肯定能让他们春心大动的呀。得让他们想象一下躺在里面的情景，两个人浑身都是泡沫，用精油互相按摩脚底……”

“可那些锈怎么办？还有那块亚麻毡子，它看起来就像干裂的土地。我可不觉得那东西有什么吸引力。”朱丽叶提出反对意见。

“我准备把我姥姥那块旧地毯带去，那可是中国货。反正它一直被放在地下室里，我妈肯定不会发现它不见了。再搬一盆绿色植物。你想想看，他们肯定会觉得那里像个冬日的花园，没错，就像你借我的那本书里写的一样……那故事也太长了，越看越烦，我根本就看不下去。不过那里面提到一个很棒的地方，那里开满了花，还有柳条扶手椅什么的……”

哦，朱丽叶明白了。克洛埃说的是左拉的《贪欲的角逐》。她把那本书还回来的时候，还曾经评论说：“这帮人简直了，没事儿大惊小怪的！”不过克洛埃显然很喜欢书里那个呈现出致命诱惑的场面：在温室花房里，勒内·萨卡尔献身于自己年轻的继子；她的周围飘浮着让人头晕目眩的香味，这些四处搜集来的奇花异草见证着她丈夫的巨额财富和高雅情趣。

“你真该来参加那个房屋装修[1]培训班，”克洛埃接着说，关心的语气里有无法掩饰的优越感，“真的超级有意思。我跟你说，咱们必须得在公寓里布置出真正的‘生活’……就是人人都想要的那种生活。得让他们一进门就琢磨：‘要是我住在这儿，我就能变得更强大、更重要、更受欢迎。’‘我能得到那个升职，我都已经盼了两年了，却一直都不敢提，因为害怕老板会当场拒绝我。’‘我每个月能多赚500欧。’‘我要约广告部的那个女孩出去，她肯定会同意的。’”

“所以，你卖给他们的是虚妄的幻想。”

“不对，是梦想。我这是在帮他们构建一个更美好的未来。”克洛埃用说教式的语气总结道。

“别再照本宣科啦！”朱丽叶叫起来，“你自己真的相信那些‘未来’吗？”

克洛埃露出被惹恼的神情，她紧盯着朱丽叶说：“当然相信！只要我能拿到奖金。嘿，你可真够扫兴的……”

电话响了。是克洛埃打来的。

---

① 原文使用的是美式英语的说法（home staging），指房屋在出售或出租前，雇用专人来进行设计、整理、装饰，以求达到最佳状态，可以看作是房地产营销的一种形式。——译者注

“给我带本书过来。你办公桌的抽屉里有好多，我看见过。”她像在指控似的说。

“什么类型的书？”朱丽叶语气有些不自然地问，“你要书干什……”

“随便啦。我打算把那张小桌子推到浴缸旁边去，这样的话，四脚上的锈就基本看不到了。我还打算在桌子上放一盏台灯，复古风的，带珍珠流苏的那种。好像有不少女性特别喜欢在泡澡的时候看书，据说很快就能进入状态。”

“我记得你想营造蠢蠢欲动的气氛来着，两个人在浴缸里你侬我侬什么的？”

“她老公经常不在家。再说了，有时候能自己待一会儿也好。”

“可不是，这方面你最有发言权了，我绝对相信。”朱丽叶笑着回答。

克洛埃身边的露水情人从没断过，可每到周末，她仍要为自己单身而哀叹悲泣一番，就好像这是场人间惨剧。而且，她恐怕从没想过要让普鲁斯特或是福克纳陪她共度泡泡浴的美好时光。

“我这就去看看能找本什么书。”朱丽叶说，然后挂断了电话。

克洛埃看得没错：朱丽叶办公桌最下面的抽屉里的确装满了书。这个抽屉格外深，要按顺序存放文件夹不是很方便。所以她在这里放着四年来往返于“家—公司”的见证，也就是满满一抽屉口袋书。书页之间还夹着她在阅读中断时随手放入的各种东西：电影票、干洗店单据、比萨店宣传单、音乐会曲目单……以及从记事本上撕下来的单页，上面草草写着购物清单或是电话号码。

朱丽叶拽住金属把手，沉重的抽屉沿着滑道向外挪动，发出一阵摩擦声。突然，它卡住了，六七本书掉在地上。朱丽叶把它们捡起来，摞成一堆，放在自己的电脑键盘旁边。没必要把整个抽屉都翻个遍。第一眼看见哪本就拿哪本好了。“第一眼”这个词不错。毕竟克洛埃应该也只会看一眼标题而已。

标题，没错，标题很重要。难道要在沐浴的时候去看洛雷特·诺贝古的《痒》吗？这本书总会让人产生一种蚂蚁正从皮肤上爬过的错觉。即便只是手里拿着它，痒的感觉也会如影随形，从左边肩胛骨开始，一直爬满整个肩膀……就是这样，她简直又要连抓带挠了。不行，这不是个好选择。再说，这本小说一旦开始看就根本停不下来，可是这样的话，洗澡水肯定会凉掉。不行，得找本温柔的书，让人安心的故事，如同怀抱般的感觉，再稍微带点儿神秘感。短篇小说？这本怎么样，一个走向自杀的疯子未完成的日记——莫泊桑的《奥尔拉》？朱丽叶想象着那个女读者的样子：浴缸里的泡沫漫到她的肩膀，她抬起头，透过半掩的门焦虑地打量着走廊上的阴影……在门外的黑暗之中，幽灵纷纷现形，小心翼翼地压抑了数年的儿时恐惧涌上心头，伴随着无边的不安和恐慌……她恐怕会一下子从水里站起来，惊慌失措地迈出浴缸。她很可能会像《唐顿庄园》里的伯爵夫人珂拉·克劳利那样，一脚踩上香皂滑倒在地，说不定还会摔断颈骨……

不行。

朱丽叶无奈地推开那本短篇小说集，接着是《追忆逝水年华》第一卷，几本封面有些褪色的侦探小说，一本讨论工作有多痛苦的随笔。接下来是一本斯大林的自传（她当时到底为什么要买这种书啊？），一本法西双语对话手册，再加上两本超级厚的俄国小说，小五号字、单倍行距（这根本没法看）。她叹了口气，要做选择也没那么容易。

看来她只能把抽屉里的书全倒出来了。这样总能找到点儿什么吧。一本无害的书，不会引起一丁点儿麻烦，也不会触发任何灾难。

如果不这样的话……

朱丽叶用手掌推开那些书，它们纷纷掉了下去……必须承认，它们看起来好像横七竖八地堆在一座坟墓里。她重新关上抽屉。真是糟透了，她仍然有这样的感觉。但此时此刻，她决定不再沉溺于这种不断蔓延的负面情绪。

她有个任务要完成。

朱丽叶站起身，绕过办公桌，打开了柜子。

她的帆布袋还放在那儿。真是的，为什么刚才有那么一瞬间，她竟然会觉得它已经消失不见了呢？

她弯下腰，提起袋子，完全出于本能地把它紧紧抱在怀里。

某本书探出一角，似乎正打算挤到她的肋骨中间。

所以，就是它了。她暗想，心里忽然前所未有地确定。

7

这是第一本书。她作为传递者负责的第一本书。朱丽叶一边想着，一边隔着厚厚的帆布抚摸被选中的书。然而……真的是她选择了这本书吗？她已经违反了好多条传递的规矩——她甚至连这本书的名字都不知道；她不知道什么样的人将会拿起它，把它翻过来，以便阅读……封底上的介绍，大概吧；她根本没有跟踪或是研究她的传递对象；她从未设想过与对方相遇的情形，也未曾像苏莱曼要求的那样，仔仔细细地搭配书籍和对应的读者……男女均可的读者。

女读者，这点应该可以肯定。这本书将会交给一位女读者。男人是不会在沐浴时看书的。更何况，男人根本不会把时间花在浴缸里。他们总是忙忙碌碌。让男人保持安静的唯一办法……就是把他们安置在沙发上，随他们去看欧冠联赛的半决赛。通过跟三位前男友的交往，朱丽叶目前只能得出这样的结论。

“我知道，”她提高嗓音说，“我那是以偏概全。所以我才每回都以分手收场。”

眼下，她还在以偏概全。不过必须承认，她确实倾向于从自己偏爱的微末细节出发，快速甚至仓促地得出结论，而这些结论大部分都是乐观的。比如说，某个人常戴着一副钢丝边的小圆眼镜；另一个人会小心地伸出手，尝试捧起小奶狗或者小婴儿；第三个人总有一绺额发垂下来，挡住了他那双湛蓝湛蓝的眼睛……从这些细枝末节里，她坚信自己看到了智慧、温柔、幽默、踏实，或是某种她自认为并不具备的随心所欲。

朱丽叶把手伸进袋子，眉头紧皱，一边摸索一边继续自言自语：“约瑟夫偏爱粗毛线套头衫，他穿这种衣服显得肩宽背阔，然而他的‘力量’仅限于用单手捏碎核桃；艾玛纽埃尔常常同情撞上高压电线的鸟儿，可当她得了流感在家休息时，他却连一个电话也没打过；罗曼连一丁点儿玩笑也开不得，每回吃饭的时候都会近乎病态地平分账单——精确到几分几厘。”

她曾经爱过，或者相信自己曾经爱过他们每个人。现在看来，这根本没什么不同。这半年她始终是一个人。她原来还以为自己受不了这样的日子，如今却惊讶于自己如此享受自由的感觉——曾经让她深深恐惧的自由的感觉。

“就让他们忙活去吧。”朱丽叶低声说。她攥紧手指，握住那本被她选中的书，不，更确切地说，是那本被上天或命运安排给她的书。

她不知道自己在跟谁说话。显然，她又在以偏概全了吧。

那本书很厚，书页紧实，握在手里很舒服。好兆头。朱丽叶慢慢把它抽出袋子，两眼紧紧盯着那近乎黑色的封面：一片黑暗之中，从书的切口端开始，隐隐约约地现出了一座线条朦胧的英式庄园废墟。

达芙妮·杜穆里埃的《蝴蝶梦》。

“他们要签购房合同啦！”

克洛埃把自己的挎包扔在办公桌上，转身对朱丽叶说。她朝朱丽叶伸出一根手指，假装一副指责的模样。

“那女的一瞧见你那本小说就呆若木鸡了。我一看，好机会呀，因为她之前有点儿不高兴。我就不跟你说她看到客厅的反应了，更不用说厨房……可是，突然……”

她模仿着惊讶不已的表情：眉毛抬高，双眼圆睁，嘴巴张成O形。

“你想象一下，那女的进了卫生间……当然啦，我已经事先下了一番功夫，暧昧的灯光啦、植物啦、躺椅的椅背上搭着纯白的浴巾啦……反正你既看不见浴缸四脚的锈，也看不见潮气形成的圆点子。总之呢，什么糟糕的地方都看不见。那男的开始的时候说：‘那房子可真烂，那地方根本没救了。’可她根本没听他说话，她朝浴缸走了过去，然后……”

克洛埃兴奋地原地一跳，她紧握着拳头，兴高采烈地继续说道：“我从来没见过这样的事儿！那女的拿起书，翻了几页，然后说：‘啊，是《蝴蝶梦》，我妈妈特别喜欢这部老电影……是谁演的来着？格蕾丝·凯丽？不，不对，应该是琼·芳登……’接着她就开始看书，看了好一会儿。我连大气儿都不敢喘。那男的说：‘我觉得咱们看得差不多了吧。’她说：‘咱们可以打个壁柜装衣服。’然后……我跟你发誓，她朝我露出了微笑！她问我：‘这本书是您的吗？我能留下吗？’然后，她走到镜子前面……超棒的大镜子，巴洛克风格的，我上个周末刚从二手商店里淘来的。她站在那儿，稍微弄了弄头发，就像这样……（克洛埃模仿着那个动作，朱丽叶看见她的双唇微微张开，睫毛轻颤，面部表情随之柔和起来。她仿佛变了一个人，眉眼间带着某种不属于她的忧郁，就像突然给那张乐天派的脸戴上了面具，来自日本传统演剧或是狂欢节的面具。）然后，她朝那个男的转过身去，用一种特别奇怪的声音跟他说：‘我们住在这儿会很幸福的……相信我。’”

房屋中介公司晚上六点半关门。午夜时分，朱丽叶还坐在公司的镶木地板上。这些木地板用了太久，防磨保护层已经全都磨光了，现出一处处灰黄色的宽条伤痕。这里原本是公司的茶水间，客户从不踏足。于是姑娘们在这儿摆上一张有机玻璃桌子，白天轮流来休息。在嵌入式聚光灯的照射下，她们微笑着闲聊调侃，每个人都是可爱的模样。直到三年前的主显节时，贝纳尔先生把一整瓶上等的干型苹果酒打翻在通向窗户的狭窄过道上。冒着泡泡的液体淌过木板之间的缝隙，留下一大片浅黄色的晕圈。这块污迹很久以前就彻底干了，朱丽叶现在正盘腿坐在上面，那些书在她面前铺成了一个扇形。

17本书，她已经数过一遍。拿在手里，掂量，翻看。她嗅着折页间的味道，随意地摘抄着书上的句子，完整的或不完整的段落，美味如糖果或锋利如刀刃的词语：

……在火旁有一张床，他把好几张母羊皮和山羊皮扔在上面。奥德修斯在床上躺下。欧麦俄斯给奥德修斯盖上了厚厚的大罩袍，这袍子原本是他放在一边，打算寒意入骨时才穿的……

……我的面孔是一片草场，上面有一群水牛在吃草……

……他看着壁炉里的木柴，用来做午饭的一星火焰残留在最顶端，旋转跳跃，即将熄灭……

……终于找到了。找到什么？永恒……那是大海融入了……

……没错，鲁迪暗想，雄心万丈的男人都有强壮的双腿，他们挺直脊背站在那里，从不会殷勤地弯曲双膝……

……燕尾服，逐渐扩大的暮色，数小时的干渴，精打细算的月光，空话连篇，小山谷，光线……[1]

这么多词语。这么多故事、人物、风景、欢笑、哭泣、突然的决定、恐惧和希望。

到底是为了谁呢?

---

① 引文节选自:《奥德赛》第14节、维奥莱特·勒迪克《饥饿的女人》、托马斯·哈代《德伯家的苔丝》、阿蒂尔·兰波《永恒》、玛丽·恩迪亚耶《三个折不断的女人》、桑德丽娜·柯莱特《唯余尘埃》。

8

朱丽叶回到了那条街。生锈的大门还在，门上那年长日久的蓝漆剥落出道道条纹，四面高墙仍然封闭着一角天空。她为此深感惊讶。在她看来，或许更“正常”的情形是那条路已经消失不见，无门无窗的厚墙矗立在她面前；或者她徒劳地寻找那个堆满了书的地方，却发现它已经被一家药店所取代，也可能变成个中等大小的超市，荧光黄或荧光绿的纸板上贴着本周的各种打折商品。

可是，这道门并没有消失。她把左手掌心贴在那冰冷的铁门上。那块牌子还在，那本书也还在。一缕微风从书制造出的门缝间穿过，闻起来有股烟味。她回过头，仔细观察着每个窗口。为什么她会担心有人正盯着她呢？她害怕有人看见她走进这里？她害怕别人对她指手画脚？在这仿如沉睡的街区，人们大概总会满腹疑虑地监视来来去去的邻居。更何况，不说别的，单是这个地方就足够引起他们的好奇心了。

朱丽叶不知道自己究竟在害怕什么，但她能感觉到自己心中正生起隐忧。把书交给陌生人——精挑细选、窥伺等候过的陌生人——有谁会花时间来做这种事呢？甚至是花费全部的时间来做这种事？小扎伊德的父亲到底靠什么生活？他偶尔会出门去工作吗？工作，这突然出现的词语无法在她的头脑里唤起任何画面。她无法想象苏莱曼坐在银行窗口后面，或是建筑师办公室里，更无法想象他站在教室里或是超市里。难道说，他一直把自己关在这个到处是书、日夜不分、灯光从早亮到晚的地方吗？当然，他还可以在这里工作，比如说，设计网站，做做翻译，写写文章，或是修订书目。可她同样无法想象他做这些事情时的样子。事实上，她无法把他当作普通人——有物质需要和社会生活的普通人——她也无法把他看成一位父亲。

甚至无法把他当作真实存在的人。

"我们渐渐学会了怀疑。"她一边想着，一边推动那扇沉重的门。它慢慢地打开了，像是很不情愿似的。"我们总要做最坏的假设。"把书交给别人，让他们过得更好——"如果我的理解没错的话……我敢肯定，街角杂货店的大妈会把苏莱曼当作恐怖分子或者毒贩子。警察肯定已经来过这儿了。如果他是位牙医，那绝对没人会这么想。我这是老生常谈，这些道理谁都懂。或许我最近读书太少，脑子都变得迟钝了。我最好……到底怎样才是'最好'呢？"

院子里空荡荡的，一张纸片在金属楼梯最下面的台阶那里飘来飘去，办公室的门关着，里面一点儿亮光也没有。朱丽叶有些失望，犹豫着要不要原路返回。然而在好奇心的驱使下，她慢慢走近了那些不透明的玻璃。没有野兽的兽穴——看似危险的刺激，其实并没有危险。为什么她总要不断堆砌这些值得怀疑的相互比较？她真想给自己几个耳光——合适的时间，合适的地点，没人会看见她。可这种举动实在有点儿幼稚。她做不出来，至少现在做不出来。

说到底，究竟为什么？

她一步步地走近，周围安静得令人惊讶。真是无法相信，或者说，真是很难相信，距离这里数米之外就是城市。它如同巨兽般发出低吼，吞噬时间、血肉、梦想。城市永不餍足，永不沉睡。她听见一阵振翅声，想来是先前落在走廊栏杆上的鸽子正飞过她的头顶。她听见一座有裂痕的钟正在敲响，响了整整八次。早上，这里如同巴尔扎克热爱描绘的外省城郊，所有人原本应该不知时辰，不知所处。

“别站在那儿啊，进来吧。”

声音从上方传来，直落入朱丽叶耳中，把她吓了一跳。她刚才并没有紧贴着玻璃向里面窥看，却仍觉得自己的鲁莽失礼被苏莱曼当场撞破。

“我马上下来。今天有点儿晚了。”

苏莱曼已经站在她面前了——简直像是凭空移动过来的，朱丽叶甚至没听见他下楼时的脚步声。还没看见他的人，她就闻到了他的衣服上沾染的味道——肉桂和橙子的味道。

“我刚才在给扎伊德做蛋糕。”他说，“她不太舒服。”

他看了看自己满是面粉的双手，脸上露出歉意的微笑，把手往黑裤子上蹭了蹭。

说到底，他的确是位父亲。可是……蛋糕？什么样的父亲会给生病的女儿做蛋糕？

“要是她肚子不舒服的话……”朱丽叶刚要表示反对就停住了，她仿佛听见自己的母亲、祖母和外祖母正同时通过她的嘴巴发表意见。

她到底在掺和什么呢？

苏莱曼用力按动门把手，所有生锈的合页发出滞涩的声响。他又用肩膀推了一下，那扇门终于打开了。

“这儿的一切都七扭八歪的，”他说，“墙是这样，住的人也是这样。我们倒是挺相配的。”

朱丽叶本该提些不同意见——哪怕出于礼貌——可说到底，他的话确实很有道理，她只好微笑。“七扭八歪”，这说法其实不乏魅力。磨损出一条条等距曲线的石头门槛，因为蒙尘而显出灰色的地板，稍微起风就颤动不停的玻璃，幽光中看不清楚的天花板，最偏僻的角落里堆着的书……这些全都不乏魅力。这地方完全是东拼西凑起来的，却给人一种莫名稳固的感觉；它原本应该在某一天，犹如海市蜃楼般消失不见，却好像能够穿越时空，在他处重新现形，恢复原状——门仍然吱嘎作响，成堆的书仍然在来访者经过时倾落倒塌。人们可以在此倾听书本落地时沉闷无力的声响，或是弄皱的书页间发出的窃窃私语。苏莱曼匆匆忙忙地走进办公室，一面向她示意有张椅子还空着，一面带着种温柔的焦虑收拾着桌子上成堆的纸张，将它们一一捋齐，再推到旁边。

“您已经完成了吗？”他终于气喘吁吁地问道，边问边坐在自己的座位上，“请给我讲讲。”

“哦，没有！不是的，我……”

他并没有听她说话。

“请给我讲讲，”他坚持说，“我之前可能忘了跟您说明，我会把所有情况都记下来的。”

苏莱曼按着厚厚的绿色记事本，那本子的边角已经磨损了。朱丽叶感觉自己重新坠入了……坠入了什么呢？另一个国度，或许是另一种时空……她出神地盯着那只手。他的手很大，手指间距很宽，从手指到手腕覆着一层薄薄的棕褐色汗毛。它在轻颤，像只小动物。他的指甲修得很短，指缝里不是黑色，而是深灰色，灰尘的灰色——毫无疑问是落在书上的灰尘。重新风干成粉末的墨迹，重新变作尘埃的词语……它们堆积在那里，可以散佚，可以消逝，可以在呼吸间进入身体，所以……也可以被理解？

“都记下来？”

这一回，她的声音里既没有惊讶也没有怀疑，而是某种……仿佛幼童般的赞叹。不对，“赞叹”这个词太造作，或者说，它太强烈，实在过于强烈，以至于掩盖了背后的猜忌、讽刺、漠然。

掩盖了普通人的生活。

“我要站起来，”朱丽叶自顾自地下定决心，“我要离开这里，再也不回来了。我要去看电影，对，没错，然后去吃寿司，或者比萨，然后我要回家去，再然后，我还要……

“你还要怎么样呢，朱丽叶？睡觉吗？还是无所事事地瘫在沙发上，看那些愚蠢透顶的电视节目？或者再像反刍似的琢磨你自己到底有多孤单？”朱丽叶暗自想着。

“没错，都记下来。只要是你们愿意跟我说的，我都会记下来。关于书的故事，您明白吧？还有他们的生活方式……就是那些拿到书的人。每本书都是一幅肖像画，里面至少隐藏着两副面孔。”苏莱曼说。

“两副面孔……”朱丽叶重复道。

“是的。传递者的面孔，可能是男性，也可能是女性……以您来说，当然就是女性的面孔；再加上接受者的面孔，同样既可能是男性，也可能是女性。”

苏莱曼抬起手，在一摞书上轻轻拍了拍，这堆书比其他书堆都要矮。

“比如说这些书吧，有人把它们给我送了回来。这种事很少见。我从不把这里的地址写在扉页上。我更希望它们能彻底消失，走上我所不知道的路……除了第一次传递。我只会把它们第一次的去向记录下来。”

他拿起那摞书最上面的一本，但是并没有翻开。他的手指沿着书口滑过，如同轻柔的抚摸。朱丽叶不禁打了个寒战。

“他甚至并不英俊。”她暗想。

“这本书是那位女士负责传递的。就是我那天跟您说起过的女士，也是您在地铁上遇到过的女士……昨天，我发现它被夹在大门的门缝里。我不知道是谁把它放在那里的。这让我很难过。”

9

从昨天开始，强劲的东风就时断时续地刮着。地铁车厢在风力的作用下轻微地来回摇晃。朱丽叶闭上眼睛，想象自己正置身于船上，那艘船渐渐驶离了防波堤，船身划开平滑如镜的水面，驶出安稳的港口，驶向茫茫大海。

她需要这幅画面。只有这样她才能平静下来，才能抑制住双手的颤抖。她觉得自己面前摊开的书太过严肃正统，页数也实在太多——一言以蔽之，它过于醒目了。

可她不就希望被人注意吗?

昨天，她在公司给这本书做了个硬纸封套。为此，她先是在自己办公室的办公用品柜里乱翻一通，又用了公司的彩色打印机，还用得相当不节制——恐怕这个月得换两回墨盒了，这可是贝纳尔先生打心眼儿里不想看到的花销——一开始，她把做坏的书套扔进了废纸篓，可转念一想，她又改了主意，于是把它们全都塞进了大垃圾袋里。然后她怀着隐约的负罪感，把那个袋子扔到了三条街以外的垃圾回收站。此时此刻，这本装在封套里的书一直往下滑……她再次看到书的勒口上的那道折痕，又再次把书端正地摆回膝盖上。她的对面坐着一个三十多岁的男人，他穿着修身西装，系着一条格外有60年代风格的窄领带。男人暂停按动智能手机的键盘，用同情的目光看着她——或许应该说是“注视”，她暗想。

朱丽叶偷偷观察着其他乘客。公务员罢工日，车厢里没有多少人，高铁减少了班次。住在郊区的人——至少是那些可以留在家里的人——全都选择不出门。她今天出门很早，甚至可以说太早了，现在还不到七点半呢。她为什么要选择这么早出门呢？啊，对了，因为她担心地铁上没有座位。她正在看的书，或者说她假装正在看的书，属于那种根本没法用单手捧着的大部头。换句话说，她没法腾出手去紧紧抓住那用螺栓固定在车门旁边的扶手。

因此，她平时经常遇见的乘客现在一个也看不见。她几乎为此松了一口气。除了那个用智能手机的男人，没有人注意到她。不过，那个人欠起身来，抻着脖子看了一眼，然后抬高眉毛，做出一副夸张的吃惊表情。

“您真要在地铁上把这本书全看了吗？”

他发出一阵尖锐的笑声，整个人又往前凑近了一点，用指尖敲了敲那本书的封套。

“您选错书了。”

朱丽叶无声地摇了摇头。不，她并没有选错书。她只能用这种方法来吸引潜在的猎物——如果细想的话……“猎物”还真是个诡异的词。可是，单纯根据外貌来推测某个人的性格、爱好，或许还有梦想，再为这些梦想选择合适的养料……她觉得自己根本做不到这些。那天跟苏莱曼争吵以后，她就已经解释过这一点了。

“争吵”这个说法或许有些严重。有那么一瞬间，你突然发现自己正在包里左翻右找——那里面装着梳子、很久以前就开始看的书、钥匙（公司的钥匙、公寓地下室的钥匙）、手机、涂写得乱七八糟的记事本，以及一堆从未完成过的待办事项列表——你正试图从所有东西里面翻出一张纸巾，有点儿发皱，但是很干净的纸巾，再把它递到一个大声哭泣的男人手里……这样的情形也能算作“争吵”吗？

“不对，”朱丽叶纠正自己，“你这是胡编乱造，你夸大了事实。”

镜头回放。

按照他的要求，她把一切都讲述了一遍：走廊曲曲折折，卫生间阴暗潮湿，跟公寓里其他房间相比，卫生间简直大得可笑，猫脚浴缸，蔓延的锈迹，克洛埃想出的各种主意和她参加的房屋售前装修培训班，绿色植物，屏风，最后是那本书。始料未及的成功：客户已经签了购房合同，他们无须贷款，现金支付，甚至已经雇了承包商，第一批装修改造工程正准备动工；他们看起来开心极了。

苏莱曼坐在那里，极其认真地听她讲述，但是连一个字也没记。他近乎不经意地抬了抬手，擦去面颊上一道晶亮的痕迹——如果不是那盏台灯的绿灯罩翘了起来，如果没有那刺眼的灯光，朱丽叶恐怕根本不会注意到那道痕迹。

可是，接下来发生的事情让她没办法不注意了——更多的泪水沿着相同的轨迹滴落下来，温柔、和缓，慢慢滑过皮肤，接触到他两天没刮过的胡子，拉伸、变形，形成透明的水膜……而他已经不再费心去擦拭。

“您没事儿吧？”朱丽叶小声问道，“这么做不对是不是？我……”

没错，当然了，这样肯定不对。她全都做错了——就跟往常一样。

于是，她把包里的东西一股脑倒在桌子上，试图从中找出一张纸巾……最后她总算找到了一张，并把它递到苏莱曼手里。

“对不起。真对不起。”

她完全想不出自己还能说什么。

“对不起，对不起……”她重复说。

“别说了。”

“对不……您看，我不够聪明，我跟那位女士不一样……就是那位自杀的女士。或者别人，我跟别人也不一样……您的那些传递者，我不认识他们，我也说不好。可我没法只凭坐地铁的时候用眼睛看，就猜得出某个人是什么性格。话说回来，我也没法花上一整天的时间跟着别人，那样的话我会被公司开除的。所以我怎么可能知道他们需要什么书呢？”

苏莱曼使劲擤着鼻涕。

“您这么说……的确是够蠢的。”他哑着嗓子说。

“您看，这不是明摆着吗……”

说到这里，他们突然开始笑起来，笑得像两个真正的疯子。那笑声能够传染，无法控制。朱丽叶完全弯下了腰，双手夹在膝盖中间，笑得流出了眼泪。苏莱曼用两只手紧紧握住灯脚，笑得直打嗝儿，以至于灯罩也跟着来回晃动，使得他的脸浸没在一片绿色的阴影中。

“您……您……看起来……像个僵尸……”朱丽叶好不容易才断断续续地说出这句话，她笑得捶胸顿足，腿上的肌肉因为过度兴奋而微微痉挛。

真好，能这样笑一次可真好。尽情地张大嘴巴，完全不用担心自己看起来有多可笑。开怀大笑，仰天长笑，笑到打嗝儿，擦掉流到下巴上的口水，再继续笑，笑个不停。

扎伊德突然走进办公室的时候，他们还在笑。女孩十分小心地关好门，转回身来，神情严肃地盯着他们。

朱丽叶的笑声戛然而止。扎伊德怀里抱着一本书，而她的双手……朱丽叶突然发现，扎伊德的双手与她父亲的双手如出一辙，只是更加精致、更加纤细。那双手同样温柔轻巧地扶稳书脊，同样小心翼翼。每个指甲都是淡粉色的，几乎泛着珠光，如同一件件精巧的艺术品。

不过，真正让她注意的，并不是扎伊德的双手。

扎伊德手里的那本书包着微带褶皱的厚纸书皮，书皮是亮绿色的，上面粘着红色细毡做成的字母。那些字母贴得十分仔细——尽管排列得并不算整齐。

它们拼成了三句话：

这本书超级棒。
它让你变聪明。
它让你变幸福。

10

“您选错书了。”那个穿着修身西装的男人又说了一遍。

朱丽叶抬起头，看着眼前那张笑意盎然的脸。她忽然想起了扎伊德，并尝试模仿自己曾在扎伊德脸上无意中看过的那种严肃而专注的神情。她反驳道：“不是啊，我觉得完全没错。”

“您是……您属于某种……某种团体对吧，或者说，类似于某种邪教组织，是这样吧？”

“邪教组织”这个词使朱丽叶心中瞬间产生一阵恐惧的轻颤，犹如细长指甲般的须状飞羽擦过她的心尖，哦，那种恰到好处的力道，仿佛是为了警示她。

邪教组织。上次回到那座书库时，她心里不正是这样想的吗？或许，第一次走进那里，她就已经在这样想了吧？邪教，它就像一座没有栏杆也没有锁的监狱，或是某种粘在皮肤上的秽物，它渐渐渗入你的身心，获取你的认同感，甚至无须加以强迫。不，恰恰相反，它能让人觉得轻松，觉得兴奋，觉得自己终于找到一个家、一个目标、某种实实在在的东西。没错，这种东西既不会粉碎，也不会消失，它简洁、明确、可信——就像是扎伊德一个字母一个字母拼成的句子，仔仔细细地贴在她那本书的封面上，或者像她那天特别说明的那样，贴在她喜欢的所有书的封面上。

“因为我确实得花上很长时间，才能跟别人解释清楚我为什么会喜欢某一本书。而且我经常都说不明白。有些书……我读过以后，就会有感觉……就是这样啊。有什么东西在心里触动我，可我又没法把它拿出来给别人看。所以我弄了这个，所有要说的话都贴在这儿，人们只要翻开它看看就行。”

她用微带轻蔑的眼神看了父亲一眼。

“我可不会追在别人后面跑。哼，说什么‘跑’呢，有的人根本连动都懒得动。”

苏莱曼从办公桌上方朝她伸出手。

“我明白你的意思，宝贝。”

他的声音很平静，但他的右眼皮微微一跳，那分明是一次极其轻微的颤抖。扎伊德脸红了。朱丽叶不由自主地为眼前的情景所动容：那个女孩的深色皮肤呈现出缓慢充血的过程，从脖颈一直红到颧骨，眼角瞬间溢满泪水。

“对不起，爸爸，我这么说太坏了，我真是太坏了！”

她转过身去，把那本书紧紧搂在怀里，低着头逃也似的离开了房间。

“不是的，”朱丽叶坚定地回答，连她自己都惊讶于这种坚定，“我没有加入什么邪教组织。我喜欢书，仅此而已。”

她原本还想再加上一句：可我通常都不喜欢人。此时此刻，当她看着他的时候，心里正是这样的想法。微微发黄的门牙从他那咧开的嘴巴里露了出来，门牙间的缝隙很宽—据说这样的牙齿能带来好运。他的模样很典型：身宽体胖，红光满面，扬扬自得，有点儿盛气凌人。克洛埃恐怕只看一眼就能给他定性了：“这家伙就是头猪，别理他。”

“您想要这本书吗？”她继续问。

怀疑的神色出现在那张红润的脸上，迅速取代了原本自信的微笑。

“啊？不用了，我没兴趣。我身上没钱，而且……”

“我不是要把它卖给您，是想把它送给您。”

“您的意思是……免费送？”

男人看起来惊讶极了，但很快就露出一副贪婪的模样。他紧张地用舌头舔着两片厚厚的嘴唇，左看看，右看看，接着又朝她凑近一些。须后水的味道汹涌地袭来，朱丽叶屏住呼吸。

“这是个陷阱，”他突然像在宣判似的说，同时把紧攥的拳头放在大腿上，“不要钱的东西通常是陷阱。您肯定会问我要邮箱地址，我就得成天接收那些垃圾广告邮件，一直收到本世纪末！”

“到了世纪末，您想必已经不在了。”朱丽叶柔声提醒他，“我也不想要您的邮箱地址，一点儿也不想。我把这本书送给您，我在下一站下车，然后您就把我忘了吧。”

她合上那本书，双手并拢捧着它，向那个男人递去。

“不要钱，您什么也不用给我。”她重复道，特地把每个音节都说得格外清楚，就像是在跟智力略有障碍的孩子说话。

“不要钱。”男人又说了一遍。

他看起来目瞪口呆，几乎像是被吓着了。最后，他终于伸出双手，接过了那本书。地铁驶进了站台，凉爽的空气卷过朱丽叶的掌心。

“再见。”

他没有应声。朱丽叶站起身来，将挎包背带移到肩膀上，朝车门口走去。走在前面的是个女人，她用长长的三角巾把自己的宝宝固定在胸前。一双小小的黑眼睛越过妈妈的肩膀盯着朱丽叶，一起露出来的还有他头上的小软帽，帽子上缀着三个绒球，红的、黄的、紫的。

“嗨，宝贝儿。”朱丽叶的心都要化了。

别人家的孩子总能让她满心柔情，可他们的母亲却总会让她感到害怕——她们实在太过自信，太过无所不能了——“我自己恰好相反。”朱丽叶暗想。

眼前的小鼻子皱了起来，那双小眼睛微微眨了眨。这样的眼神啊，他就好像在不停地问："为什么，为什么，为什么……"这不知疲倦的好奇心。这睁开的眼睛，简直像饥饿的人张大的嘴巴。怎么有人能整天面对这些呢？他们怎么受得了？

也许还有愤怒，一出生就置身于这世界的愤怒。这样的世界。

朱丽叶在站台上走了几步，又转回身来。那个男人还看着那本合拢的书。他始终用一只手按着封面。难道他怕书会自己打开吗？难道他害怕里面会冲出许多怪物或是喷火龙（总之，肯定是某种特别古老、危险而棘手的东西）吗？或者他害怕里面跑出来的东西太过新奇，他完全无法应付？

地铁重新开动。那个人在朱丽叶的视线里渐渐消失。他朝前弯着腰，一直没动过。他的侧脸、他的粗脖根上留着用电推剪理发后的发楂。一个男人。

他能成为读书的男人吗？

11

“你到底在搞什么？现在能跟我说了吗？”

克洛埃昂首挺胸，双臂交叉抱在胸口，傲然地站在朱丽叶的办公桌前。她的姿态仿佛在宣告：如果得不到解释，她绝不会离开半步。

“你说什么？”

蹩脚的拖延战术——朱丽叶对此心知肚明，大概只能拖几秒钟。根本没用。她的同事立刻明确回应：“你堆在抽屉里那些该死的书到底是干什么的？还有那些硬纸的边边角角，我在废纸篓里都看到了！你剪它们干什么？”

朱丽叶再次避重就轻：“我还以为她们每天晚上都会把废纸篓倒干净……”

克洛埃干脆利落地一挥手，手掌边缘如同刀锋般劈开空气，就好像在说：这不是重点！

“我在等你解释。”

见朱丽叶始终没吭声，她有些恼火：“你想比我多赚业绩是不是？你想把那套玩意儿弄得更漂亮？”

“什么？”朱丽叶明知故问，其实她很清楚克洛埃的意思。

“就是房屋售前装修那一套，浴缸边上放本书之类的。我告诉你，那是我想出来的主意，你没权用。”

克洛埃完全变了脸。她鼻孔翕张，脸色发白，颧骨上飞起两团红晕，好像匆忙间擦了过多过重的腮红。她的手指蜷曲，紧紧攥住自己的胳膊，那些精心修剪、仔细涂过指甲油的手指甲在软肉上掐出一个个小小的、半月形的淡红色印痕。朱丽叶打量着她，像是在认真观察一张陌生的面孔，焦虑和愤恨骤然抹杀了美貌的面具。朱丽叶坚信自己看见了三十年后的克洛埃，生活中的愤恨与焦虑将会刻印在她脸上，那道道印痕不断加重加深，最终将成为永远无法磨灭的重担。

丑陋，阴暗。

引人同情。

“哦，克洛埃！”

她想哭，她想站起来，想拥抱克洛埃，想安慰她，想为她洗去烦忧——她自己此时尚且一无所知的烦忧——克洛埃或许也有同感。

“你记着，我警告过你了。”

克洛埃转身走向自己的办公桌，走向灯座上贴了一圈的便利贴，走向从电脑上方露出来的粉红色兔子耳朵——“一个想跟我上床的客户送的礼物”。那天，她一边把兔子耳朵别在电脑上，一边这么说着。那时候，它还是崭新的，又硬又直，那甜腻的粉红色如同齁人的棉花糖的颜色。如今，它已经褪了色，落了灰，不再硬直，看起来像惨败枯萎的鸢尾叶子，朝着电脑屏幕无力地耷拉下来，在屏幕上拖出一道长长的阴影。

克洛埃走路的样子就像50年代的战争电影里那些走向前线的士兵，朱丽叶心中暗想，他们迈开大步往前走，在未知的危险和战败的可能性的刺激下，强行做出一副士气高昂、决心坚定的模样。克洛埃认定自己正在与敌人对峙。尽管这种敌对纯粹出自她的臆想，但她坚信战斗已经打响，必须不计代价地获取胜利。

朱丽叶低头看着面前打开的文件夹，觉得喉咙一阵发紧。这段时间以来，她总觉得生活渐渐离她远去，消失无踪。犹如成千上万的沙粒正从几乎看不见的裂缝里倾泻而出，带走成千上万种画面、颜色、味道、伤痕和抚触，上百种无足轻重的失望，以及或许同样数量的慰藉。她此前从不曾特别热爱生活，无论是百无聊赖的童年时期，还是阴郁易怒的少年时期……直到19岁那年，她从落在自己身上的眼神中，发觉自己拥有美丽的外表——或许吧，某些日子而已。有天晚上，她和第一任男友都喝了太多的酒，他在她耳边低声说，她身上存在某种优雅，某种轻盈舞动的东西……现实日益惨烈、日益黑暗，但她的特质能让身处现实边缘的人相信，流逝的时光自有轻捷的美感。

可是对朱丽叶而言，这样的评价让她不堪重负，所以他们分了手。他独自一人继续酗酒，从这家酒吧喝到那家酒吧，寻找女人，或者更确切地说，寻找某个想象中的女性——她所具备的轻盈飘逸的气质，或许能让他的日子不那么难过。朱丽叶不断遭遇那些囿于个人悲剧和连续挫败的人，他们或沮丧消沉，或咄咄逼人，或郁郁寡欢，或意志薄弱。她四处寻找符合心意的受害者，然后逃离，眼看着他们沉溺于激烈动荡的绝望旋涡，就好像每次都违心地看着那些蜘蛛溺毙在她的浴缸里。舞动的、轻盈的，是说她吗？她就像那些芭蕾舞者一样，用备受折磨的足尖点地，旋转，脚趾流着血，嘴角噙着笑？在她看来，这样的类比充满扬扬自得的意味。她并不是虚荣的人。即便一一细数历经的痛苦，她也绝不会如此大言不惭。其实她从来没有脱离单调乏味的日常，没有摆脱斤斤计较的个性，更没有忘记那些化为泡影的美梦和无迹可寻的幻想。这些都是奢侈的痛苦，她有时会这样告诉自己，尤其是将平庸无奇却自得其乐的生活与那些在眼前如浮云掠过的真实不幸相比时，这种感觉会越发笃定。

奢侈的痛苦，点滴的快乐。日复一日的生活中的快乐：当早晨的咖啡很好喝时，她的心里总会涌起隐约的感恩；当天气预报里说“本周有雨”，但雨只在夜里下时，她同样会心怀感恩。当电视里没有播放任何与死亡和暴行有关的新闻时，当她成功地从最心爱的衬衫上弄掉了克洛埃说“不可能去掉”的罗勒青酱污渍时，当伍迪·艾伦出了一张无敌好听的新专辑时……

还有书。客厅书架上的每一层都摆着两排书，床的每一边都放着几堆书，从外祖母（就是去看萤火虫的外祖母，她在紧邻大山的小村子里住了一辈子，她那座房子有四面黑色的墙壁，仿佛凝固的岩浆）那里继承来的两张小桌子底下也都摞着不少书……浴室的书放在柜子里，摆在化妆品和提前预备的卫生棉条之间；厕所的书扔在架子上，以及方形的大洗衣篮里；厨房的书搁在孤零零的一摞盘子旁边；大门口的书堆在衣帽架后面。书渐渐入侵了本属于她的空间。朱丽叶只是被动的旁观者，她从不做抵抗。不过，假如某本书从书堆里或是架子上掉下来，而她又被这本书绊倒过三次，在她看来，这就意味着它想要离开，至少是受够了她这间公寓。于是她就会把那本书转移到自己办公室的抽屉里。

每逢周日，朱丽叶都会去扫荡旧货市场。那些纸箱里的旧书褪了色，被胡乱扔作一堆，总是无人问津。摊主对它们毫无怜惜，甚至带着厌恶。每当目睹这样的情景，她就心情沉重，深感痛苦。人们去旧货市场的目的是淘二手衣服、70 年代风格的小玩意儿，再加上还能使用的旧电器。至于书……它们全都与之无关。于是她会买下这些书。她的大帆布包里塞满了成套书中零散的几卷、烹饪书、家庭手工指南，还有她根本不喜欢的情色侦探小说。她只想把它们拿在手里，给予它们一点关注。

曾经有一天，她来到布鲁塞尔的一座广场，走进一家卡在药店和教堂之间的迷你二手书店。那是个阴雨连绵的周末，到处死气沉沉，连续的恐怖袭击之后，游客纷纷远离城区。参观皇家博物馆的时候，馆里几乎只有她一个人。一系列荷兰画家的珍品画作安静地沉睡，黯淡的光线从高高的彩绘玻璃穹顶上洒落下来。游览结束后，她感觉自己需要找个暖和的地方。她路过好几家咖啡馆，心里想着一杯热腾腾的巧克力。突然面前出现了一小段楼梯，三级台阶的中间部分已经因过度磨损而凹陷。吸引她的是个标着“打折书”的纸箱。它被放在花园椅上，椅背上固定着一把硕大的红雨伞。不过箱子里的书都是荷兰语的。她走上台阶，转动旧式门把手，推开了那扇门。到处都是成堆成堆的书，纸页上落了灰，古旧的精装书散发出独有的味道……她觉得自己回到了熟悉的地方。有个男人坐在书店最里面的一张小桌子后头，正在看书。门口的小铃铛响了一声，但他几乎连头都没抬。朱丽叶在书籍之间徘徊良久，随意翻看了一本19世纪的医学论文，一本如何节约家庭开支的指导手册，一本把拉丁语当成活的语言来学习的入门教材，几本保罗·布尔热的旧小说——他似乎是一位十分反对离婚的作家，一本介绍巴西蝴蝶的画册。最后，她拿起一本白色封面的薄册子，封面上写着书名：《垂直诗十三首（双语版）》。垂直的诗歌？嘀，为什么是垂直的呢？她一边翻开书一边想，诗歌的句子，难道不是跟其他所有文学作品一样，都是水平的吗？没错，可还有排版……

大概也可以说是……

那位诗人名叫罗伯托·胡亚罗斯。那本诗集被她翻到了第 81 页。在第 81 页，她读道：

当世界越来越窄，
好像只是一根细线。
我们笨拙的双手，
再无法占有任何东西。

从来没人教过我们，
唯一可能自我拯救的技巧：
学习，以一线阴影为食。

朱丽叶反复读着那首诗，丝毫不在意时间正一分一秒地流逝。她一动不动地站着，将摊开的诗集捧在手里。外面的雨越下越大，从绵绵细雨变成瓢泼大雨。雨水急促地打在玻璃门上，固定在合页上的门扇不停颤动。书店最里面那个端坐的男人仿佛只是俯下身的影子，他安静无言，背后笼罩着一层朦胧的尘灰。他或许几个世纪都没动过了，或许从这座房子刚建好开始——按照三角楣上刻着的字样，那应该是 1758 年——就已经坐在那里。与深红色的砖石相比，那石质的三角楣显得如此洁白。

不知道过了多久，他终于开口说：“您的伞。”

朱丽叶吓了一跳。

“我的伞？”

“它把硬皮书弄湿了，就是您脚边的那几本。您可以把它放到门口去，这样您也能更自在些。”

那语气并非责备，反而更像是邀请。但朱丽叶还是合上书，快步（似乎有些太快了）朝他走去。

“我要买这本。”她把书递过去，轻声说。

“胡亚罗斯。”店主人同样轻声说。

他单手摩挲着那本书的每条边缝，又把脸凑近书的切口，闭上双眼，面露微笑。他就像一位侍酒师，正在嗅闻着刚刚启封的产地列级酒。

“这个老胡亚罗斯呀……”

他用拇指抚过切口的书页，又缓慢地移向书顶。朱丽叶困惑地看着他，只觉得那个动作中似乎包含着情欲的意味，甚至是深深爱恋。店主人用两根手指捏住那本书，小心翼翼地旋转着。他的动作仍然很缓慢，他的嘴唇在微微发抖。最后，他终于重新抬起头。朱丽叶第一次看清他那温柔的眼神，隔着厚厚的镜片，他的眼睛显得很大。

“跟它分别的时候，我有点儿依依不舍。”他承认道，“我必须得跟它道别……您能理解吧？”

"嗯，我能理解。"朱丽叶轻声回答。

"请好好照顾它。"

"一言为定。"她轻声说，吃惊得几乎说不出话。

她走出书店，往前走了两三步，又猛地转回身，看向那扇已然剥落颜色的店门，看向那个封存着宝藏的地方。一阵狂风吹歪了那把大红的雨伞，像是告别的预兆，或是最后的叮咛。

告别的预兆。朱丽叶朝自己周围看去。办公室的照明有些昏暗，积了污垢的灰色玻璃窗朝向后院，贴在墙上的各种广告已经褪了色。还有克洛埃，她刚才转了转电脑屏幕，好让朱丽叶看不见她的眼神。发型夸张的克洛埃，穿蛋糕裙的克洛埃，每天心情都很好的克洛埃——这听起来实在不像真的，总是开怀大笑的克洛埃——刚才她却在咧嘴苦笑，野心勃勃的克洛埃，精打细算的克洛埃，归根结底是个平凡人的克洛埃。隐秘而苦涩的，平凡。

朱丽叶身后是放满文件夹的墙，每次看到这面屎黄色的墙，她的脚趾就会产生一阵抽搐。门的另一边坐着贝纳尔先生，他正端着母亲留下的唯一一个杯子，小口啜着热饮。在更远的地方，在公司的正门外，汽车正从湿漉漉的马路上开过，发出细微的摩擦声。还有其他店铺，以及数百个，不，成千上万个被称作"公寓"的方盒子，也就是他们负责交易的东西。那些盒子里又装着成千上万个野心勃勃的陌生人。他们心中或许同样潜藏着无声的愠怒，当然还有梦想、爱恋、盲目的疯狂。发疯的瞎子总能比其他人看得更清楚——她在哪里读到过这句话呢？没错，外面有数十万、数百万的陌生人。但是她呢？她始终滞留在原地，在不断涌来的人潮中兀自不动；她将继续滞留在原地，尝试抚平克洛埃的怒气，尽管心里明知道那股怒气永远不可能被她彻底消除；她将继续滞留在原地，眼看日子一天天过去，填写能耗检测报告单，计算比尔-阿克姆站附近那座 140 平方米的房子能在售价基础上打多少折扣；她将继续滞留在原地，然后，她将会死去。

所有人都会死去。她永远不可能认识他们，走近他们；她永远不可能和他们说话。往来在人行道上的所有故事，以及拥有它们的人……她将永远无从知晓。

朱丽叶无意识地拉动了办公桌左边的抽屉，她入职以来攒下的书全都堆在里面。其中一本书掉进了滑道，把抽屉卡住了。她弯下腰，抓住那本书的一角，把它抽了出来。她把它翻过来，就看到了书名。

弗洛朗丝·德莱，《寻常时光的尽头》。

12

“您辞职了？”

苏莱曼跷着二郎腿，双手交握着揽住一边膝盖，坐在椅子里前后晃动着身体。每当膝盖碰到桌子时，他就再往后倾；等到碰到背后的书架时，他又借力往前倾，朝着朱丽叶晃过来，朝着被绿色灯罩筛过的灯光晃过来。他的下半张脸一会儿浸在光亮里，一会儿又被阴影重新攫住。

朱丽叶没回答，因为苏莱曼并没有用疑问的语气。她只是非常坚定地点了点头，那种坚定似乎也同样毫无用处。

“我给了他们一本书，就在离开之前。”她清清楚楚地说。

“只有一本书？”

“不是。克洛埃一本，贝纳尔先生一本。”

“您稍等一下。”

椅子的两条腿落在地板上，发出响亮的磕碰声。苏莱曼伸长胳膊，去拿他的记事本。他快速翻动着纸页，动作中带着某种古怪的热切。

“今天几号了，嗯？我得在这儿摆个日历，效率手册之类的也行，我也不知道……”

“或者买部手机。”朱丽叶强忍着笑意补充说。

“那我宁可去死。”

苏莱曼突然不说话了。他眉头紧锁，像是突然产生了什么不好的念头。接着，他耸了耸肩膀。

“一月十三号？不对，好像是……”

“二月十五号。”朱丽叶纠正他。

“已经二月了？光阴似箭啊。哦，对，我昨天有个预约，就是那个……算了，这不重要，咱们言归正传。请您把您那家房屋中介公司的地址告诉我，还有那两个收到书的人的姓名，嗯，还有大概的时间……我总是这么建议我的传递者——送出书的时候，顺便看一眼时间。我对时间有种执念……”

“为什么？”

苏莱曼正用格尺在记事本上画出一条横线，听到这句提问，他抬起头来。朱丽叶发觉他的脸色比往常更苍白。他的一边颧骨上有道明显的红痕，或许是刮脸的时候不小心割伤了自己。他的黑头发仍然乱糟糟的，可是今天看起来显得黯淡无光、了无生气。

“什么为什么？”

“您连今天几号都不知道。”

“啊？哦，您说的也有道理。”

苏莱曼沉默了。朱丽叶仔细回忆着刚才的对话，试图理解其中隐藏的信息。他并没有再回答她提出的问题，只是露出漠然的神情，以及某种她无法解读的、隐约的忧伤。那种忧伤令她浑身一凛。

“其实，”他突然开口说，“时间这个问题……我不知道您能不能理解，您毕竟还是个新手。我说的时间是指……如果我们用同样的方式传递同一本书，只是时间上有所不同，比如说，早上六点和晚上十点，那么会不会有不同的结果呢？您看，如果我能把这些都记下来，你们——就是您跟其他传递者——就可以随时查阅这个记事本了。这样一来，你们可以更好地记住其中的区别。这样的记录甚至比只存在于头脑里的记忆还要好，因为一旦提及日期和时间，就能由此衍生出无穷无尽的细节：季节、光线，这两样是最一目了然的。您当时穿着厚外套还是夏季连衣裙？接受者呢，他穿着什么样的衣服？他怎样走路？太阳是不是已经落山了？阳光正擦过公寓楼的楼顶，还是潜入了那些阴暗的院子？我们坐着地铁或者火车，从这一站驶向那一站时，只能勉强猜测那些院子的样子。其中一座院子里，会不会有个女人……不，有个女孩正站在窗口？她正朝着经过的火车用力挥动胳膊，像是在祝那些长途旅行的朋友一路顺风。如果这一切发生在十二月，那您就只能猜想，玻璃窗后是否会透出台灯的亮光，或许某扇窗户里的窗帘会突然朝一边拉开，露出的面孔上会有灯光照出的浅淡光斑……”

最后的几句话声音低得像是絮语。朱丽叶明白，苏莱曼在跟他自己说话，他的心里正唤醒一段具体的回忆。那是她无法参与、无法分享的回忆。比起此时她在这间办公室里的存在，那回忆中的场景似乎更加生动、更加真实。

她总会产生这样的感觉，只要跨过某种界限——就像跨过一道门槛——她就会觉得自己正在海市蜃楼中穿梭。当她还是个孩子的时候，有人跟她讲起过那种令人震颤的幻景。沙漠中的旅队看见它隐约出现在远处，骆驼似乎可以带着干渴的旅人接近它。可他们越往前走，它就越是远离。然而朱丽叶曾经毫不费力地走进这种虚幻的场景，自那以后，她总在夜晚与那些不安分的书纠缠不清。它们纷纷逃离书堆，像鸟儿一样在四面高墙的院子中展翅翱翔。它们周围飘浮着无数没有腿的桌子，以及一道道五彩浓雾构成的大门。有时候，书页会逃出书本，不断盘旋飞舞，越飞越高，她只能眼看着它们……

“朱丽叶，”苏莱曼突然开口，“我想请您帮个忙。”

朱丽叶尴尬地眨了眨眼。她刚才几乎已经看见那些书离开了书架。她现在到底是梦是醒？她不再那么确定了。

“好的，好的，当然可以。”她忙不迭地回答，“要是有什么能帮到您的，我很愿意。我现在有空了，嗯，很多很多空。”

“虽然这么说很自私，不过，我很高兴。”

苏莱曼站起身，开始在房间里走来走去。“走来走去”这个用词不够恰当，朱丽叶心想。这里的空间实在太有限了，他像只螃蟹似的，侧过身子横着走，往前两步，后退，在经过时触碰到某本书的封面，或者用力按在另外一本书上。或许那些词语就是这样穿过了纸箱或皮革，渗透皮肤，灌溉着那瘦削的身体，伴着他在幽暗光线里一路蹒跚着缓慢前行。

“我想问您……您能不能……搬到这儿来住？”

朱丽叶盯着他的背影，吃惊地半张开嘴。苏莱曼原本背对着她，但她的静默让他警觉起来，他转回身，急急忙忙地挥着双手表示否定。

“不不不，不像您想的那样。我这就跟您详细解释。”

他姿势古怪地侧滑一步，回到自己的桌子旁边，斜着身子坐下来，双臂交叉抱在胸前。

“我得……呃，我得离开一段时间。”

“离开？”朱丽叶重复道，“去哪儿？”

“这不重要，重要的是我没法带扎伊德一起去，而且也没人能替我在这里工作。您是我唯一能求助的人了。”

他的眼神如此焦虑不安，朱丽叶不知道该怎么回答。她几乎要屏住呼吸，潜意识里突然产生了某种想法、某种预感，它尚未浮出水面，但她觉得自己已经被压垮了。这沉甸甸的感觉压在他们身上，徘徊在他们之间。

最后，她深深呼吸，犹豫地问："您……身体没事吧？"

"我会没事的。几个月以后就没事了，我对此很有信心。但我不想让女儿担心，一点儿也不想。我会跟她说，我要去旅行，而您会过来住，还会照顾她。仅此而已。"

他抬起一只手，掌心转向朱丽叶，像是正在筑起一道屏障。

"别再多问了。"他用眼神说。

"不再多问了。"朱丽叶沉默地接受了他的请求。

"楼下有两间空房，就在我们的房间旁边。墙壁得稍微粉刷一下，不过我已经装好了淋浴和炉灶。如果您能来……不收房租，这是肯定的，而且我会付您报酬……"

"我能先去看看吗？再说……我需要一点儿时间……考虑考虑。我们明天再谈好吗？嗯，就明天，明天我一定给您答复。您那边不会来不及吧？"

苏莱曼微笑着站起来，显而易见地松了一口气。

"不会，当然来得及。我送您出去。"

13

三周以后，朱丽叶搬进了新住处。正如苏莱曼先前所说，这两个原本充当仓库的房间光照不足，室内光线完全来自走廊和窄窄的采光天井。入夜以前，房间始终浸在一种苍白的、毫无变化的光亮中。朱丽叶刚进屋就觉得这光线能让她内心平静。苏莱曼从其中一间工具房里拿出几个硕大的油漆桶，里面装着毛莨黄的油漆，还有几把硬得要命的刷子——它们至少应该提前泡上整整两天。开工之前，他们先在地上铺好了防水布。黄色的粗线纵横交错起来，他们粉刷的动作，甚至他们时断时续的说话声，都令墙上原有的灰泥簌簌脱落。扎伊德蹲在离门最近的角落，手里拿着从水彩画工具箱里找出来的画笔和调色盘。一团团水彩颜料在调色盘上交叠、铺开、混合。她认真地在护壁板上画着花朵：鲜红茎秆上的深蓝玫瑰、紫色花心的绿色雏菊、黑色的郁金香。“就像罗莎种在自己卧室里的黑郁金香一样，为了那个可怜的囚犯，考尼。”

“她最近正在大仲马的作品中畅游，”苏莱曼满含骄傲地微笑着解释，“像一条可爱的小鱼。”

“别再多问了。”朱丽叶暗自重复，她实在太想一问究竟了。他们只谈颜色、花朵、对郁金香的狂热，还有那些模仿着天堂的样子、分成四部分的东方花园。“‘天堂’，它其实来源于波斯语单词pairidaeza，”苏莱曼解释说，“它的意思是‘封闭的花园’。”

“我还是更喜欢没有围墙的花园。”朱丽叶说，她注意到自己早上穿的牛仔布工作服上已经被溅了星星点点的油漆，就像是一大片开满黄色毛茛花的田野。

“我喜欢墙，”扎伊德头也不抬地抛出这句话，“它能保护我们。”

“没人要伤害你，zibâ[①]。”苏莱曼柔声说。

“你根本什么都不知道，你根本不知道墙的另一边有什么……你从来都不出去。”

“那是因为我不得不在里面。”

“对，”扎伊德小声嘀咕，“你不得不在，你不得不在……”

他们的对话到此为止了。可朱丽叶很想知道，他们父女俩是怎样来到这里的——他们走过怎样的路，他们从哪里来，来自怎样的花园，或是怎样的战火。这也是有可能的。她总是情不自禁地想象他们身上发生的故事。那种漂泊的、与过去割离的、变化不定的命运，无疑增加了他们的魅力。不只是他们散发出这样的魅力，

---

① 波斯语“小美女”。——作者注
此处可理解为“宝贝”。——译者注

这个地方同样散发出这样的魅力，这让它像是一艘搁浅在三角湾里的航船，带着遗世独立的气质，却又如此生机勃勃。

他们谈起了书，谈了很久很久。他们谈论着霍勒斯·沃波尔的哥特式小说，乔伊斯的《都柏林人》，卡尔维诺的一系列幻想作品，以及罗伯特·瓦尔泽所写的谜一般的简短散文。他们谈论着清少纳言的《枕草子》，加西亚·洛尔卡的诗歌，还有许许多多12世纪的波斯诗人。苏莱曼扔下刷子，开始朗诵内扎米的诗句：

如同夜晚星辰般的姑娘，你要去拜访谁？
这关于美的诗句，又为谁而书写？
皇家的灰琥珀阳伞遮着你头顶，
浓密的黑色长发，你将要成为谁的主宰？
我是否该说你甜如蜜糖？可蜜糖也不及你的甜美。
或者该说你教人心醉神迷？可你将填满何人的心扉？
你走了而我连灵魂都已经给予，
哦，痛苦的内扎米……

朱丽叶的鼻尖几乎贴在墙上，为那些诗句感慨不已。可她到底在感慨什么？她一边抹平门框边缘的油漆一边想。我并没有爱上他，现在，他马上就要离开了，而所有地方——堆满书的库房、这些房间、他的办公室……所有地方对我而言好像都空了。尽管扎伊德还在，她的声音、她的歌唱、她的游戏，还有我帮她在室外防火梯上捡起的玩具全都还在，那些传递者和书也都还在，可是……

“您不喜欢诗歌吗？”

真傻，他什么都不懂。其实，她也一样。他们或许属于很有代表性的同一类人，从出生起就获得了这种典型特征：他们的内心全被封锁得严严实实；他们全都无法揣测他人的情绪，无法解读不同的手势、眼神和沉默；他们只能依靠自我解释，笨拙而费力，永远选不到合适的用词，永远词不达意。

“不，不是……我喜欢诗歌。只是这油漆味儿让我有点儿头疼。”

这显然是个转嫁责任的拙劣借口，然而他低下头，满含愧疚地跌进她的陷阱。他给她搬来一把椅子，倒了一杯水，又拿来一片阿司匹林。最后，他让她出去透透气。朱丽叶感激地接受了这个建议，来到走廊上，来来回回地走着，同时观察着整座院子。它有三面被林立的住宅楼围住，其中大部分墙上根本没有窗户，没人能看到院子里正在发生什么。这地方是位于巴黎市中心的完美庇护所——或者一个完美的据点，偏僻、隐秘、安全。曾经有过的晦暗的疑虑再次浮上心头——苏莱曼真的对她说了实话吗？他的自愿隐居、他表面看来完全无害的狂热爱好……这些背后会不会隐藏着其他东西？朱丽叶不敢去想“其他东西”可能包含什么。尽管她努力想挥开它们，但那些画面仍然在她头脑中纠缠不休，暴力、血腥、残酷。所有电视台都曾经循环播放那些画面：上了安全链的门被撞开，警察发现门里遍地狼藉，到处都扔着武器；他们不但发现了武器，还发现了大堆的清单、姓名、地点；他们去询问邻居，“他特别有礼貌，”一位上年纪的女士说，“他会帮我挡住电梯门，还帮我拿过东西。”

朱丽叶用双手抹了把脸，然后才发觉自己的手指上沾着油漆。“我要像朵蒲公英了。”她神经质地笑了笑，想要借此驱除可怕的念头和内心的恐惧，驱除所有任其发展就可能令她无法继续生活的东西。得了，朱丽叶，恐怖分子才不会朗诵诗歌。他们憎恨诗歌，憎恨音乐，憎恨一切谈论爱的东西。这只是个普通的地方，而她正试图与之建立联系。当一个人正渐渐沉没，他当然不会对自己的救命稻草加以选择。

“给您，这个应该对您有好处。”

苏莱曼来到她身后，递给她一个茶色玻璃杯，杯口正飘出氤氲的热气。

“这是香料茶。”

“谢谢。”朱丽叶低声说。

她内心有些愧疚，便低下头去嗅那散发香味的蒸气，同时闭上眼睛，想象自己正身处远方，很远很远。那是已然被炮火夷为平地的东方集市，抑或是已经只存在于故事里的花园。她喝了一口茶。

“很好喝。”她说。

苏莱曼用肘部支着生锈的铁栏杆。他仰起脸，看向正慢慢变成淡紫色的天空。

“要天黑了，很快就没法继续刷了。”

“我们可以开灯啊。”朱丽叶反驳说，她觉得自己的声音里有种奇怪的滞涩感，像是被人扼住了喉咙。

他摇了摇头。

“不行。必须是日光，必须是日光。”他一边重复那句话，一边向后仰着脖子，仿佛正在期待光线如骤雨般洒落下来。

“苏莱曼……”

“您知道吗，”他开口，并没有看她，“那些花园，它们仍然存在，就在那里。”

他抬起一只手放在额头上，又立刻向下移到胸口，触碰着心脏的位置。

“您怎么知道……”

“因为这茶，每当我喝着这茶，就会想起它们。”

朱丽叶又喝了一口，那滚烫的液体滑过她的喉咙，一种奇特的平静感随之扩散开来。她感觉很好，而且很神奇的是，她觉得找到了属于自己的位置。这并不意味着她的所有疑问都有了答案——“它们仍然存在”，如此简单的词语组合怎么可能解答所有的疑问？她不再生活在故事里，也不再像他那样，生活在书本里。至少不会完全生活在书本里。

但她认为，现在可以学着与自己心中的疑问共存。

14

那个戴帽子的男人推开办公室的门时，朱丽叶打了个喷嚏。为了给来访者开辟出一条更好走的路，她正准备把巴尔扎克的《人间喜剧》全集搬到一个看起来足够结实的架子上——只要先把上面放着的一系列黑色小说挪到壁炉上去就行。炉膛里已经塞了一堆游记，其中有一本格外引人注目——1816 年印刷的《阿里·贝游记》英译初版。空中飘飞的灰尘几乎拥有肉眼可见的实体，推门进来的男人摘下一只手套，用手挥开它们，就像拉开横在房间中央的帷幔。

“这位小姐，您早啊。”他的声音如同笛声般尖锐响亮，与他那微微发胖的体形和他脸上近乎严肃的神情形成鲜明的对比。

他站在那里，皱起了眉头。

“苏莱曼呢？”

他看起来非常惊讶，似乎还有点儿恼火。朱丽叶站起身，在牛仔裤上擦着手。这当然无济于事，她现在从头到脚都落满了灰。

“他这段时间不在。”她小心翼翼地回答。

“不在。”

男人专门挑出那个词语，并非是在质疑。不，他只是单纯地重复、咀嚼，好像那是味道古怪的异域菜肴。他反复琢磨了半天，接着把房间扫视了一圈，发现有个空着的位置，便径直走了过去。他仔细掸去座位上的灰尘，这才准备坐下。他用两根手指捏住裤子的褶缝，以确保裤线能沿着两腿整齐垂落。坐好以后，他抬起头，和蔼地看向朱丽叶。

“苏莱曼从来没有‘不在’的时候。”

他的语气像在陈述一项人尽皆知的事实。

“我……他……”

朱丽叶开始尴尬地揉弄袖口。她穿着红色套头衫——有点长，而且已经很旧了。今天早上，她特地把它从衣服堆里拽了出来。她真的需要一点安慰。自从苏莱曼走后，雨自始至终没停过；扎伊德感冒了，情绪十分低落；院子里有根管子坏了，那里一直散发出臭鸡蛋味。所以，当她在淋浴喷头旁边挂着的小镜子里看到身上这件红色套头衫时，心里的确感到一些暖意。然而此时此刻，它无法帮她战胜内心的胆怯和畏缩。

是那个戴帽子的男人，地铁上的那个人。昆虫、沙沙作响的纸页……

他就在那里，在办公室里，坐在由书构成的，有时会瞬间倾塌的脆弱建筑中间。它们或是色彩缤纷，或是呈现出各种差别细微的象牙白，从不纯正的白色到完全泛黄。他在那里，有血有肉，无比真实。

就像小说里的人物从书里走了出来，坐在她面前跟她说话。

“他……有点事儿要办。”朱丽叶磕磕巴巴地解释，“在外省，我来替他，暂时的，这个当然。”

天哪，难道她还要继续说这些没用的蠢话吗？朱丽叶闭上嘴，两颊烧得发烫，全神贯注地盯着自己脚上的那双运动鞋。它们已经旧了，但很舒服，这是她专门在整理房间时穿的鞋子。说句实话，自从她搬到这里住之后，每天都在整理中度过。好吧，几乎每天。她感觉这些书在包围她，监视她，甚至像在挑衅她。再说，它们到底是从哪儿来的啊？到底是什么样的源头——显然是个永不枯竭的源头——正在朝这里源源不断地输送书啊？它们砌成了书堆、书柱、书塔……装书的纸箱好像每天都在变多。每当她探出头去，总能在那扇高高的铁门边发现书。它们满满当当地挤在水果筐里，装在各种各样的篮子里，满得要掉出来，有时连篮子都撑裂了。成堆的书用细绳或是粗橡皮筋捆着，有那么一两回，书堆上甚至绑着红缎带。于是这些由匿名者送来的东西会被染上一丝光彩，那光彩很老套，但也有些传奇。

没错，传奇，这里的一切都很传奇，真是太传奇了。她恐怕坚持不了多久了，她需要呼吸一些不那么稀薄的空气，空气里不要再承载那么多的知识、故事、情节、精妙的对话……朱丽叶一边抽抽噎噎地哭，一边絮絮叨叨地把这些全都说了出来。戴帽子的男人一言不发地听着。他摘下帽子，笨拙地轻轻拍着她的肩膀，最后终于把她搂在怀里柔声安抚，就像在哄劝小女孩。

“没关系的，没关系的。”他像在念梵文咒语似的重复说。

“有关系。”朱丽叶抽着鼻子说，“我一点儿用也没有。苏莱曼那么信任我,可我什么也干不好。就连……就连这些都收拾不好。”

“收拾？”

男人大笑起来，那笑声很奇怪，听起来像生了锈。他或许已经很久没大笑了。朱丽叶一边想，一边从口袋里翻出纸巾。她擦擦眼睛，使劲擤了擤鼻涕，这才重新抬起头。

“对不起。”

“为什么？”

“呃……因为……我们都不认识。您肯定觉得我是个彻头彻尾的神经病。”

男人的宽脸庞上露出一抹明亮的微笑，他的眼睛因此眯了起来。于是，苍白的、布满极小红点的薄薄眼睑几乎完全遮住了那双眼里闪烁的笑意。

“小姑娘，你想错了。首先，我不觉得你是神经病，虽然你自己冒冒失失地这么说了。而且，我并没觉得你有什么不对。描述让我们感到痛苦的症状或感到眷恋的东西时，我们永远说不清自己在话语里投入了什么样的情感。其次……你放心，不会有‘第三’啦。其次，我们认识，而且很熟。事实上，我们比你以为的要熟悉得多。其实……”他看着朱丽叶补充说，“你并不是唯一一个会在地铁上观察谁在读书的人。”

15

半小时以后，朱丽叶和莱昂尼达斯[①]——这是他的真名，一听到这个名字，朱丽叶就情不自禁地想到巧克力、糖渍水果和拿破仑蛋糕堆成的山——共同分享早餐时吃剩的一个杏仁羊角面包，同时喝着速溶咖啡——朱丽叶拒绝触碰苏莱曼发明的那台复杂烦琐的机器，当然也就做不出他每天至少要喝十二杯的“黑色琼浆”。莱昂尼达斯的帽子放在堆成一摞的十几本英语小说上，外套挂在衣帽架上——那个架子少了一只脚，所以底下垫着好几本某位美国女作家的小说。她的小说印数相当大，只可惜并不受欢迎。他那弯曲的烟斗里正冒出烟雾，在天花板上形成微带蓝色的拱顶，附带着不断颤动的褶皱。光看眼前的情景，别人准会以为他才是这里真正的负责人，而朱丽叶不过是个紧张兮兮的实习生，并且过于迫切地想把自己手里的工作干好。

---

① 莱昂尼达斯（Léonidas），人名，同比利时著名巧克力品牌 Leonidas 读音相近。——译者注

“我得把这些全都整理好，”她解释说，“可我怎么都弄不完。传递者过来的时候，我就这儿翻翻，那儿翻翻，胡乱装上一包书交给人家……不对，其实我只在这边翻了翻，那边根本没空去看呢。我觉得自己全都做错了，我……我真不知道苏莱曼是怎么处理这些事情的。我的意思是说，我不知道他到底是怎么选书的。”

莱昂尼达斯并没有回答这个用陈述语气作为掩饰的提问。他皱着眉头，认真地思考着。他的烟斗里冲出一股又一股越来越浓的烟雾。

“亲爱的孩子，问题不在于非要知道他是怎么选书的，而是他到底用什么方法来整理书。还有，这些书……它们自己到底选择怎样的离去方式。”

他们利用傍晚前的时间来探索这间办公室和它旁边的大房间——朱丽叶此前始终不敢走进那里。大房间的墙上什么也没有，室内光线来自离天花板非常近的两扇窗户。这两扇窗户很宽，但并不高，附有可以半开的小链条。可是窗玻璃实在太脏了，透过来的光线只够他们看清彼此的位置，不至于在黑暗中撞到对方。

房间里没有任何搁板，甚至连自制的书架也没有。那类书架的外壳上总画着水果的图案，苏莱曼似乎非常喜欢它们。这里只有书，无数的书靠墙放着，堆成两排、三排，或者四排。房间中央是空着的。

“不错嘛，”莱昂尼达斯满意地说，“你看，苏莱曼似乎已经开始做这项工作啦，就是让你觉得‘怎么都弄不完’的工作。咱们肯定能在这儿理出头绪来，我想想，该怎么说呢……对，找到‘主线’。肯定可以的。”

他点了两下头，同时吐出一个硕大的烟圈。朱丽叶跑去拽了一下离她最近的那根小链条，好让房间里多透进一点新鲜空气。

“主线。”

这一次，她努力不让自己的声音带上不明所以的疑问语气。否则，面前这位珍版书爱好者肯定要把她当成没脑子的虎皮鹦鹉。

“我跟你说，”莱昂尼达斯继续开口，“整理书的故事至少跟书里本身的故事一样有意思。我认识一个人……”

说到这里，他突然变了主意，改口道：“或许，我并不算是真的认识他。咱们就当他是我们曾经看过的书里的主人公吧。不过这也是个认识人的好办法，对吧？说不定还是最好的办法呢。总之，要是两本书的作者合不来，这个人就会把它们放在不同的架子上，哪怕那两位作者已经不在世了也一样……你知道吗，伊拉斯谟因为对西塞罗的作品语带嘲讽，曾经被维罗纳的法官判罚一百个埃居，还得把这些钱全都撒向穷人；莎士比亚和马洛互相指控对方抄袭自己的作品；塞利纳说萨特是‘一小坨鸟粪’；瓦莱斯认为波德莱尔‘华而不实’。至于福楼拜呢，他夸起人来总是暗藏机锋：‘要是巴尔扎克真会写作，那他得是个多么伟大的人哪！’这帮写字的家伙，他们从来不曾摆脱嫉妒、斤斤计较和下流话……呀，不好意思呀，我平时说话不会这么粗俗的，可一说起这些来，我是真不知道还能怎么说才好。”

朱丽叶偷偷瞄了他一眼，笑了起来，觉得这个男人挺好的。他是一位平和的智者，老派小说里经常出现的舅舅型人物：小时候，他会抱着你，让你坐在他的膝盖上，允许你摆弄他表链上挂着的小玩意儿；等你长大些，晚上夜不归宿的时候，他还会帮你想个借口。她真希望自己能早点儿认识他。

他像谈论活生生的人那样谈论着书籍。它们大多是他的老朋友，少数是可怕的敌人。有些书露出一副爱挑衅的少年面孔，另一些则是坐在火炉边织地毯的老妇人。在他看来，各家图书馆里有不停埋怨的学者，有深陷爱情的姑娘，有失去理智的疯女人，也有潜伏其中的杀手。薄如纸片的男孩总会朝着纤细脆弱的少女伸出手……随着描写的词语不断变化，它们的美也渐渐土崩瓦解。有些书像未经驯服的烈马，你只能屏住呼吸，尽量抓紧马鬃，任由它带你毫无节制地扬蹄狂奔；另一些书像满月之夜里静静航行在湖面上的船只；还有一些书，是牢狱。

莱昂尼达斯又对朱丽叶讲起他偏爱的作家：席勒写作时总要往抽屉里塞几个烂苹果，以便催促自己尽快写完，夜里困倦时，他还会把双脚泡在冰水里以保持清醒；帕尼奥尔是个机械狂人，他曾经为自己发明的“拧上了就拧不下来的螺栓”申请过专利；马尔克斯写《百年孤独》时三餐不继，为了不被饿死，他先后卖掉了汽车、电暖气、食品搅拌机和吹风机；至于阿波利奈尔、巴尔扎克、左拉和兰波，他们的作品里全都出现了语法错误——不过莱昂尼达斯显然大度地原谅了他们的错处，甚至如同享受美食般一一指出。

“我特别喜欢您说的这些事，”朱丽叶终于开口了，天已经黑了很久，扎伊德肯定饿了，朱丽叶自己的胃部也正发出一阵阵不适的抽痛，“可我还是看不出您说的‘主线’该从哪儿开始。我应该先把那些犯过语法错误的作家挑出来吗，还是应该先挑出那些具有某种爱好，甚至可能成为某种怪癖的作家？又或者，先把他们分成旅行的作家、闭门不出的作家、一直隐居的作家？”

莱昂尼达斯咬着烟嘴，他的烟锅早就空了。他摇摇头，发出一声叹息。

“说实话，我也不知道。不过这没关系，去睡觉吧，孩子。明天又是全新的一天，你准会觉得一切都不一样了。”

他又琢磨了几秒钟。

“也可能不会。”

“这可不是什么鼓励人的话……”

“生活里没有现成的鼓励。我们得自己去寻找，用我们的眼睛，或者我们的热情、我们的激情、我们的……总之就是你觉得能搜集到鼓励的东西。”

他宽和地拍拍朱丽叶的脸颊。

“你肯定能做到的。我绝对相信这一点。”

16

第二天，朱丽叶刻意和那些书保持距离，并且把办公室的门也锁上了。她在走廊上看见有个传递者走进了铁门，那人先是想打开办公室的玻璃门，接着鼻尖贴着玻璃，单手搭着凉棚往里面看。可是朱丽叶并没有过去。扎伊德的病还没好，有点儿发烧，整个人恹恹地犯迷糊。朱丽叶已经把扎伊德的小布娃娃全拿了过去——那些娃娃显然是手工缝制的。扎伊德一边给它们讲着别人听不懂的故事，一边把娃娃们挨个儿摆在枕头上，自己也贴着它们躺在旁边。

看着那些布娃娃，朱丽叶不由得想到了扎伊德的母亲。她已经去世了吗？扎伊德会想念她吗？没有母亲在身边会让人如释重负吗？最后这个问题似乎只有一个显而易见的答案——不会。否则的话，就太可怕了。朱丽叶给自己泡了满满一壶茶。她倒出一杯，坐下来品尝。她现在远离窗户，远离院墙，远离与外界接触的最微小的可能性。她需要一个茧，一个舒适、安静、无人打扰的地方。

其实，她以前一直过着这样的日子。蜷缩在小得不能再小的安乐窝里，一切都在触手可及的范围之内。她的父母住在郊区，那里成日宁静，就算街上开过一辆小摩托车，也会被居民们视为不可忍受的噪声。她就读的小学跟父母家在同一个街区，初中只比小学远了两条街，再后来的职业高中里既没有乐趣也没有反抗。高中毕业会考后，她选了商科，然后获得了高级技术员证书。她原本可以走得更远，到更大的地方去，至少走出巴黎郊区，而不是满足于在一所规模很小的学校里念书——她的母亲也曾经在此就读，后来成了平庸无奇的校长秘书。可她不敢。不，事实上，她当时甚至从没打算过要去往别处。

她害怕，害怕过于广阔而多变的世界，也害怕其间的种种暴力，她以前从来不曾意识到这一点。家、小学、初中、高中，最后她进了那家房屋中介公司。从公司到她的单人公寓要坐十二站地铁，而那间公寓是用外祖母留给她的遗产买下来的。

“你中间都不用换车呢，”她的母亲赞同地说，“这样过起日子来就省事多啦，我的宝贝。”

以“省事”为目标，朱丽叶的生活向来如此。她每天早上七点半起床，先淋浴，再到小厨房的吧台前吃四块抹了白奶酪的干面包片，一片不多，一片不少。接着她会喝一杯苹果汁、一杯茶，然后出门去上班。中午她偶尔会跟克洛埃一起去街角的越南餐馆吃饭——大概每个月去两回，除非她们俩搞定了大买卖，那样就会额外再去一回当作庆祝。通常情况下，她中午吃的是前一天晚上就在家里准备好的沙拉。她仔细地倒空、洗净了一个盛刺山柑花蕾酱的小瓶子，用它来带酱汁，每回吃沙拉之前才临时浇上。她的办公桌上总放着一个苹果，还有一小袋方形的黄油小饼干，这些是下午茶时间的零食。每天晚上，她回到家里，先做些家务，再边看电视边吃晚饭。周五晚上，她会去看电影。周六去游泳。到了周日，她会回父母家吃午饭，帮他们修剪花园的枝叶，一边干活儿一边闲聊。

偶尔会有男人出现，搅乱她的日常步调。嗯，不会持续很久的。那些男人就像流水般从她的指间滑过，她不知道该跟他们说些什么。她的爱语和轻抚都显得被动而笨拙。欢愉在震颤中渐渐退去以后，她躺在被揉皱的羽绒被底下，清楚地感觉到他们正在彼此厌倦。

当他们离她而去之后，她会哭上好几天，一边哭一边把脸埋进外祖母织的蓝色围巾里。她总是暗自希望能在那上面嗅到外祖母留下的气息，哪怕只有隐约可闻的一丝一缕也没关系。当然，完全没有。围巾上有工业制造的薰衣草味，来自她平时用的洗衣液；有辣豆酱的气味，那是她敢于偶尔挑战的唯一菜式；最后还有浓郁的桉树味，来自她母亲以前经常购买的那种纸巾。

母亲在两年前去世了。那是个月光朗朗的春夜，母亲刚给自家花坛除完草，带着一脸胜利者的表情，打算站起身来。装满疯长的野草的篮子被打翻了，她和篮子一起倒在地上，大睁着眼睛盯着天空。她甚至没来得及呼唤自己的丈夫。他当时就站在不远的地方，正在清理种胡萝卜的土地。

她很想她。是的，她很想她。母亲总在努力铺平女儿脚下的道路，致力于将她引到最为稳妥的方向。在那些路上，她绝不会遇到任何障碍、任何挑战，没有任何冒险，没有任何意料之外的事情，没有能深深伤害她的东西，也没有能让她热血沸腾、超越自我的东西。所以，她始终犹豫不定、唯唯诺诺地过着近似修道院里的幽居生活。平淡如水，单调无波。

她为什么会听之任之呢？大家似乎全都听之任之——在她出生、成长的地方，向来没有多少反抗精神。噢，当然了，也有人会在派对上抽几支大麻烟卷，或是犯上几桩不痛不痒的轻罪，譬如从购物中心里偷一张 CD，或者在凉亭的墙上拙劣地涂鸦。可这些都不是反抗，他们都缺少愤怒，也缺少热情。

他们缺少青春时代。

朱丽叶的外祖母却不一样，曾经支持女性有权选择堕胎，支持男女同工同酬，支持美国黑人拥有公民权；也曾经反对建立核电站，反对工厂企业向郊区迁移，反对发生在越南的一系列大屠杀和伊拉克战争。外祖母一辈子都在分发宣传册，参加各种游行，在请愿书上签名。她永远在带领大家热烈讨论着改变世界、改变人类、改变生活的方法——有时候只有一种，有时候有很多种。朱丽叶的母亲曾经微笑着说：“妈妈说的这些有多少人都说过了呀。”这话没错。外祖母本该出现在有关 20 世纪 70 年代的电影里才对。外祖母住在比利牛斯山区一个特别小的村子里，家里有座经过翻修的小农庄。她只有最质朴的心思，却比大巴黎的波波族[1]们更早开始吃素，读过马克思的著作（那时法国有谁会看马克思的书啊？），还在卧室的窗户底下种植印度大麻。

并且，她会为自己深爱的所有人编织超长的围巾。

朱丽叶的茶杯空了。她把杯子重新倒满，温热的茶水沾湿了她的双唇。苏莱曼的茶迅速成为她的最爱。这一天，她呼吸着淡淡的水汽，想象着路边栽种橘树的板条箱、露天咖啡座、海边薄雾的轻抚、破碎断裂的洁白石柱……想象着只在书里见过的那个意大利。

她一边想，一边盯着一只蜘蛛。它正在天花板的角落里飞快地织着一张近乎透明的网。她在心里问自己：如果有人通过阅读爱上了某些地方，那么他应该去那些地方旅行吗？那些地方真的还存在吗？弗吉尼亚·伍尔夫笔下的英格兰想必已经消失不见了，正如《一千零一夜》中的东方世界，或者西格丽德·温赛特所写的挪威。托马斯·曼描绘出的威尼斯只停留在卢奇诺·维斯孔蒂所展现的华丽影像中。至于俄罗斯……无数故事中的三套马车不知疲倦地

---

① 波波族，译自法语的 les BoBos，全称 Bourgeois Bohème，即“波希米亚式资产阶级”。他们既有小资产阶级的物质上精致享受的需求，又有波希米亚人落拓不羁的浪漫风度。——译者注

飞驰在大草原上，车外能看到狼群，长有鸡爪的小屋[①]，白雪覆盖的广袤大地，危机四伏的黑森林，仙境般的宫殿。水晶灯光华闪烁，人们在沙皇面前载歌载舞，用金碗喝茶，头上戴着银狐皮（多么可怕啊！）做成的帽子。

那些让人目眩神迷的地方，那些变幻莫测的边界……她曾经在电光石火间走完几乎难以想象的距离，曾经任凭数个世纪的时光在身边悄然滑过；她曾经在星座间左顾右盼，与动物和神祇对话，和一只兔子共饮下午茶，品尝毒芹和仙草……可是，假如她真的坐上飞机，前往世界的某个角落，又能从中得到什么呢？《战争与和平》中的皮埃尔伯爵、调皮的爱丽丝、力气大得能举起一匹马的长袜子皮皮、阿拉丁和疯狂的马儿、大鼻子情圣……那些曾经陪伴她的人与物究竟藏身在何方？还有那些女性（她曾经憧憬过她们每个人，反复研究过她们的命运和激情），她真能同时遇到她们所有人吗？艾玛·包法利、安娜·卡列尼娜、安提戈涅、费德尔、朱丽叶、简·爱、斯嘉丽、达尔娃、莉丝·莎兰德……她们到底在哪里？

她发自肺腑地理解苏莱曼——他至少没有假装在过“普通的”生活。他自愿退守在纸页构筑的堡垒中，并按时将城堡的碎片运往外面的世界，就像将无数的漂流瓶抛向大海。他的情感和行为都带

① 此处可能暗指芭芭雅嘎（也译为雅戛婆婆），她是俄罗斯及其他斯拉夫民族童话传说中的女巫，住在长有一只鸡脚的小屋里，专吃小孩，是个充满邪恶、神秘的角色。——译者注

有献祭的意味，对象则是那些与之相似的人，那些在他的堡垒高墙之外、真正与生活正面对抗的人。

如果那些字句真有漂流的方向。

算了，她现在觉得头疼。扎伊德的感冒说不定传染给了她，也有可能是因为灰尘。最近这些天，她肯定已经吸入了几公斤灰尘。

《唯余尘埃》——那本崭新的小说就以此为题。她曾经在苏莱曼的办公桌边看见过它，端端正正地摆在一摞书的最上面。从封面看，应该是本黑色小说。要应对雨天、感冒、小确丧……它或许是最好的解药。

也是一句不错的结语。刚好可以为她这些七零八落的想法——或者白日梦——画上句号。

17

“我原本想跟您谈谈蜘蛛的事。”

戴帽子的男人吓了一跳，手里端的茶水洒了出来，流到了茶碟上。朱丽叶慌忙拽过一张纸巾。他挥挥手，示意她不用过来。还是这样的微笑，她心里暗想，《爱丽丝梦游仙境》里那只柴郡猫的神秘微笑——既亲切，又疏离。在他面前，她总觉得自己过于年轻，笨手笨脚，做起事来毫无条理，正像外祖母说的——“手上没谱”。她什么都拿不稳，弄不懂任何东西，握不住，拎不清。就像刚才，她由衷地觉得是自己打翻了那杯茶。或许的确是她，因为她那句没头没脑、不合时宜的话。

都是因为那本书——他在地铁上看的那本昆虫书。从第一次注意到他开始，她就把他当成了收藏家或是研究者。她好像从没想过“这家伙，完全是做个样子的吧”……其实，她还真没这么想过。

此时此刻，他就在她面前。

他几乎每天都过来。下午 3 点 47 分到 49 分之间，他会轻轻敲响办公室的门。朱丽叶猜想，这每天固定的时间应该跟地铁的运行时间有关。她想念 6 号线，想念沿途那些熟悉的地标和风景：财政部临河廊檐下系着的小艇、不断晃动的车厢、绿地、塞纳河对岸的码头、地上车站的玻璃拱顶、瓦片屋顶的幼儿园（它周围的建筑物越来越高，全都俯瞰着它，而它自己孤孤单单地待在中间。每当看到它，她的心里总会浮起一抹不知缘由的忧伤）、意大利门站那些 70 年代的楼群山墙上的壁画、比尔-阿克姆站的那座桥、外省火车站风格的帕西站……

她也想念那些陌生人——她曾经把书交到他们手上。虽然那些书的标题被扎伊德做的彩色硬纸条挡住了，但它们一定会给接受者带来幸福和转变。她非常想再见到他们。并不一定要追问什么……不，阅读是种非常私密、非常珍贵的经历。她只想看看他们，试着从他们脸上窥见些许端倪，以便知道他们是否有了改变，是否过得更好、更快乐，哪怕是转瞬即逝的线索也没关系。这样很傻，或许吧。

“这样是不是很傻？”她向莱昂尼达斯讲述了自己的想法，然后问道。

“我以为咱们要说蜘蛛的事……”

“那个也说。”

“那你想从哪儿开始说起呢？”

“先说蜘蛛吧。它们为什么要往上爬？为什么要爬到管道里？

为什么要离开安全的地方，去另一个危险得多的地方呢？”

莱昂尼达斯的双手交握又分开，如此重复了好几次。他的手白白净净，保养得宜，每个指甲都精心地修剪，磨圆，堪称完美。

“你这个问题并不是关于蜘蛛的。”他终于回答说，“我可以给你开个小讲座，说一说它们的习性，但我觉得这并不是你想寻找的答案。我说得对吗？”

于是，朱丽叶急急地继续讲述，词语和句子你推我挤，冲口而出。她需要全部说出来，哪怕前言不搭后语——面对新生活，她适应得很慢，或许太慢了，这一点让她惶恐不安。她突然清楚地、毫无保留地认清了一件事：她过去的生活、她的怀疑、她的恐惧，全都那么平庸无奇。或许她暗自揣测的希望始终隐藏在那些根本整理不完的、数不清的书页之间。

“我跟那些书一样，”她说，“我一身都是灰。我根本没觉察，它们就已经落了我满身。您明白我的意思吧？”

“我想是的。”莱昂尼达斯答道，“那现在呢？”

她闭上了眼睛。

“所有这一切（她抬起手，像是要把他们所在的房间捧给他看似的。接着，她指向更远的地方：书库、院子、摇晃的金属楼梯、朝走廊开门的一连串房间、俯视着院墙和周围屋顶的一方天空）就像一阵阵大风，冰冷刺骨，使劲往我身上吹。我觉得自己赤身裸体的。我冷，我害怕。”

她听见他走了过来，温柔地把手放在她的额头上。她突然想起了自己的外祖母。有一次，她去比利牛斯山里看她……那是个冬天，她在雪地里玩得太久，鞋子全都湿透了，结果感冒发烧。外祖母也曾经做出相同的动作，试探她额头的温度……

"祝贺你……"

朱丽叶以为自己出现了幻听。他为什么要祝贺她？她做了什么值得称赞的事？那只手轻轻抚过她的额头，并没有与她的皮肤多做接触。她感觉到它很快就拿开了。莱昂尼达斯已经坐回了原位，扶手椅吱嘎作响。她不敢睁眼，现在还不敢。或许她只是把真诚和讽刺搞混了，或许……

让这些"或许"都见鬼去吧！

她看向他，烟锅里飘出蓝色烟雾，那个男人的轮廓仿佛也随之动荡变化：他大概是神灯里的巨人，或是爱恶作剧的精灵，喜欢从燃烧的木炭中、从点缀着跃动的苍白光点的沼泽中突然出现。

莱昂尼达斯把烟斗从嘴边拿开，又把它举到眼前，小心地用烟管敲着烟锅。

"害怕是件好事，"他平静地继续说道，"这说明你开始明白，你真正要整理的东西……嗯，你放心，关于这东西究竟是什么，我绝对不会多一句嘴的。总之，你开始明白这东西并不在这些围墙之间。"

"那它在哪儿？"

她的声音竟然那么激动，那么热切，她都认不出它来了。

“在那里。你愿意叫它什么都行，随便你。思想、头脑、心灵、理性、意识、回忆……还有许许多多别的叫法。依我看，哪个词都不足以概括它。但这并不重要。”

他撑着椅子扶手，微微朝她倾过身。

“这儿的所有书必须在你这里找到自己的位置。在你这里，而不是在别的地方。”

“您的意思是说……我应该把这些书都看一遍？全部都看吗？”

他没有回答。她躁动不安起来，双臂交叉着抱在胸前，像是要借此保护自己。

“可是……就算我真的全看完了……接下来呢？我怎么办？”

莱昂尼达斯稍微往后偏了偏头，吐出一个烟圈。他眼神迷离地盯着那个完美的圆形慢慢往上升。接触到天花板时，它改变了形状。

“然后，你要把它们全忘了。”

18

于是，朱丽叶开始看书。她很快就形成了新的日常习惯：每天早早起床，给扎伊德准备早饭，检查她上学用的东西是否带齐，跟着扎伊德下楼，金属楼梯在她们脚下吱嘎作响；她一边朝扎伊德挥手告别，一边倚住沉重的大门，往门缝里塞上新的“废废”，替换掉原来那本——它此时已经成了潮乎乎的一堆碎纸——然后走进办公室。

所有的书都在那里，在等待她。朱丽叶已经学会在书堆中自如前进，能灵活地避开硬纸箱的棱角，也能从书架之间侧身通过而不再引起“塌方”。她不再有窒息感。以前，她有时会被窒息感逼得离开办公室，走出院子。她大步走在街上，双臂交叉着抱在胸前，以抵御那刀割般的寒风。如今，成堆的书早已变成了亲切友好的存在，就像是一床柔软的鸭绒被，她喜欢蜷在底下享受温暖。每当她关上那扇玻璃门，她甚至坚信自己听见了某种轻哼，更确切地说，那是从书页中传来的颤音——它在呼唤着她。她站定不动，屏息凝神，默默等待。这边的呼唤声更强……不对，是那边。那呼唤来自塞满书的壁炉，或是矮凳后面的阴暗角落。于是，她小心翼翼地走向发出呼唤的地方，伸出手抚摸那些书脊——有的是硬纸精装，有的是已经磨损的皮革——然后站定不动。

就是那里，就是那本。

从第一天起，朱丽叶就已经明白，她无法从苏莱曼搜集来的成千上万本书中做出自己的选择。所以，就像她曾经在地铁上“传递”书籍时做过的那样，她再次完全寄希望于随机的“挑选”。既然她根本看不穿这些书——这数百万计的句子、词语，就像爬来爬去的无数蚁群——那么，就让它们来看穿她吧，她把自己献给它们。在她眼里，这些书是被囚禁的小野兽，它们总想冲出纸质的牢笼，猛扑到她身上，将她生吞活剥……如此唾手可得的猎物，大大方方地站在这里，既不打算逃走，也不打算自卫。这样的她会不会引起猎食者的怀疑？她又真的应该这样想吗？

或许吧，这根本不重要。她想要被生吞活剥。这个愿望让她在夜里保持清醒，促使她清晨就起床，监督她每天在工业风格的台灯前坐到很晚。那盏灯是她在邻街的旧货市场买的——她此前从来不曾冒险走到那么远的地方，购物场所通常也只局限在街角的杂货店。

当一线阳光温暖了周遭的空气，她会趴在床上看书，或是靠着走廊护栏，蹲着看书。她用胳膊肘支着苏莱曼的办公桌看书。她在给扎伊德做饭的厨房里的餐桌旁看书。她一边利落地翻动牛肉汉堡排一边看书，一边烩蘑菇一边看书，或是一边搅动白酱一边看书。她甚至摸索出一种姿势——当然很难受——可以一边择菜或削皮一边看书：只要把书夹在肘弯里，再叼着餐叉来翻页就行了。仔细想想，这样其实挺幼稚的。她在沐浴时看书，就像克洛埃的那位女客户一样（她看完那本《蝴蝶梦》了吗？如果小说读完了，那是否意味着她的幸福生活也要结束了呢？毕竟那间套房的布局十分糟糕，但爱情故事的魔力屏蔽了那里的所有缺点）。她在喝咖啡时看书，甚至在接待传递者时也在看书。她一边把从各处拿来的一摞书递给对方（附送一个带着歉意的微笑），一边时不时地贪婪地瞟向那张裁剪下来的书页。

朱丽叶沉浸在每个故事里，就像换上一个个明亮而崭新的外壳。她的皮肤上沾染着盐、香料与泡碱——它们令《木乃伊传奇》的女主人公塔霍丝的四肢柔软得如同在世之时。她体验到船上遇到的陌生人致以的爱抚，她的身上落着生长在世界另一边的树木撒下的花粉，有时她甚至被伤口中涌出的鲜血溅到。她的耳中充满了喧闹的锣鼓声、古老的阿夫洛斯管的颤音、随着舞蹈节奏打出的拍子、演说结束时的掌声，如同青绿色的波浪翻涌而来，推动圆形卵石相互磕碰时发出的声响。她的双眼被冷风、被泪水、被弄臣的厚重脂粉刺得生疼，她的嘴唇因为承受上千个亲吻而微微红肿，她的手指上落满看不见的金粉。

这类不加节制的阅读结束时，她偶尔会感到恶心，但最常见的情况是深深迷醉于纸页中的时空、激情与恐惧。每天早上4点45分，站在厨房门口迎候扎伊德的人已经不再是她自己，而是萨朗波，是亚历山大大帝，是桑丘，是柯西莫，是可怕的麦克白夫人，是歌德笔下的绿蒂，是凯瑟琳·恩肖——有时则是希斯克利夫。

“给我讲讲。”扎伊德缠着她请求说。

于是，朱丽叶一边帮她往面包片上抹黄油，一边开始讲述。三片面包，一片不多，一片不少。扎伊德小口小口地认真品尝面包片——总得让美好的时刻多停留一下才好。

“你跟苏莱曼一个样。”第五天的时候，扎伊德点评道。

朱丽叶早就注意到，这个小女孩几乎不说“爸爸”。在朱丽叶看来，扎伊德分明是个迷你版的成年人：有时过于严肃，处事逻辑丝毫不可动摇。

“我怎么跟苏莱曼一个样啦？”

“他总是说，他不从椅子上站起来，也能去地球另一头。你也要这么干对吧？你都不出门了。你现在成天只在脑袋里逛来逛去，我就做不到这样。”

“可你也喜欢那些故事呀。”朱丽叶表达着不同的意见，又把一根手指伸到覆盆子果酱的罐子里蘸了一下。她舔了舔指尖上的果酱，完全没意识到自己应该做个守规矩的好榜样。

“没错，因为……”

扎伊德用小拳头撑着下巴，皱着眉头开始思考。那种神情与她的父亲如此相似，朱丽叶不由得心生感慨，甚至一阵心慌意乱。她想念苏莱曼。始终没有他的任何消息，她开始担心起来。

“那些故事让我也想去冒险，”扎伊德终于开口说，“可我还不能去，因为我太小了。你呢，你根本就不喜欢冒险。”她很尖锐地指出这一点。

“我当然喜欢！”

“你说着玩儿的吧。我跟你打赌，你现在肯定连坐地铁都会害怕。”

朱丽叶抬起右手，把掌心伸向扎伊德。

“想打赌吗？可别害怕哟。”

“那咱们赌什么？”扎伊德狡黠地问，“大人们的赌注都可没意思了。我赌一次旅行吧。”

朱丽叶惊讶地抬了抬一边眉毛。

“旅行？可我不知道能不能……”

“去哪儿的旅行都可以。比如说学校后面的工地。我去治牙的时候看到过，就在一些高塔旁边。去哪儿都可以的。旅行就是去一个我们不知道的地方。”她认真地解释着。

“那好吧。”朱丽叶心里一紧，小声地应道。

“那你呢？你赌什么呀？”

朱丽叶咽了下口水。扎伊德心心念念的远方竟然近在咫尺，好像走出她所住的街区就已经是稀世的礼物。她可不能在这样的小女孩面前泪流满面啊。

“跟你一样。”

扎伊德朝她露出意味不明的微笑，那笑意既像是赞赏，又像是惩罚。

“明天我就再去坐地铁。”她言之凿凿地保证。

“要从头坐到尾哟。”

“好，就这么说定了，两个方向我都坐。”

“那你会多坐几个来回吗？”

“都听你的。为什么要多坐几个来回？”

“这样效果更好，你等着瞧吧。”

毫无疑问，这小丫头跟她的父亲实在过于相似了。

19

扎伊德没说错。刚刚气喘吁吁地爬上通往站台的楼梯时，朱丽叶就已经意识到了这一点——她确实在害怕。肩上的挎包很沉——她带了四本书，其中一本特别厚，很可能是俄国人写的，她并没看标题。这种重量让她安心，让她能够在周围互相推挤的人群中岿然不动。她完全忘了地铁上有这么多人，忘了那些刺鼻的香水味，忘了各种跺脚和低声抱怨，忘了旁人从身边经过时投来的目光，也忘了每隔两三站就会有无家可归的人上车，或者伸手讨钱，或者用单调平板的声音向每节车厢的乘客重复他的悲惨遭遇。她忘了车身的颤动、车门关闭时的咔嗒声、列车开动时的提示铃、漆黑如猛兽肚腹的隧道、驶上高架铁路时突然涌进来的光线……车窗玻璃或是车体表面反射着的一束阳光，在乘客们的面孔上一一扫过。

朱丽叶靠着窗户，和其他人一起以同样的节奏来回摇晃。她翻开其中一本书，那本格外黑暗的小说像热带气旋般吸引着她。不时有人的胳膊或手肘碰到她，某种过于尖厉的笑声回荡在狭窄的空间，某个乘客对他的听众喋喋不休，低沉的说话声与她阅读时想象出的声音掺杂在一起……每当遇到类似的情况，她都会吓上一跳，从而暂时脱离书里那个气旋的控制。

她就这样看着书，直到列车的终点，完全不担心坐过站——这倒是前所未有的事。感觉有点诡异，但又很舒服。

民族广场站到了。她孤零零地坐在那儿，头也不抬地翻动书页。列车重新启动，朝着与刚才相反的方向开去。她没有换位置，整座城市在她漫不经心的目光中再次延展铺开。她的一根手指停留在两张书页之间，将它们分开，又一次分开。她重新打量着那个主人公：金色头发、体形瘦削，有种天真的残忍，并且渴求爱情。雨水抽打着车窗，映在玻璃上的方正景象随之变形，与主人公在地下室里拼死缠斗的画面重叠在一起。它们的颜色杂糅混合，生出某种转瞬即逝的迷人闪光。

依然不变的城市——或者应该说，这是它逆向的形象——道路也依然是同一边。朱丽叶以前从没注意过这些。不过，每次坐地铁去星形广场时，她都偏爱选择右边是塞纳河的位置——她喜欢朝河上张望。每天晚上下班回家，她都会面朝列车开动的方向而坐，然后扭头往左看去，用目光追随流淌的河水。

“你可真够疯的。”

朱丽叶吓了一大跳，原本也想用同样的话回敬对方，那些字眼似乎已经在她头脑里成了形……但她认出那是克洛埃的声音。

克洛埃站在她面前，身穿浅黄绿色的套装，搭配着玫红的丝巾和同色系的蜜釉唇彩。

“我给你打了好几万次电话。”

朱丽叶努力挥开头脑中浮现的画面：她的手机正埋在一大摞还没整理的《19 世纪大拉鲁斯百科全书》底下。十五卷本，皮质精装，封面上满是花朵——真正的限量版……

“我之前……我想应该是没电了。”

这甚至并不是谎话，但朱丽叶仍然产生了罪恶感。

“我都跟了你一个小时啦，”克洛埃说，“你一直坐到了民族广场，鼻子尖儿都要贴到你那本书上了。现在呢，你又往回坐。你到底在搞什么呀？难道说……你现在在给 RATP[①] 干活儿，在搞调查呢，对吧？你在书上的空白处做了记录？我倒宁可你这是在做调查啊，亲爱的，要不然的话，你就得赶紧去看看精神科啦。”

朱丽叶情不自禁地微笑起来。她也很想念克洛埃，想念克洛埃乱蓬蓬的头发、不整齐的牙齿、脸上的微笑、那一双双让人头晕眼花的高跟鞋，还有那些一针见血的评论……甚至她的网购强迫症，以及她那灾难般的着装品位，也同样让朱丽叶想念不已。

“你不生我气了？”她有些惴惴不安地问。

“生你气？为什么生你气？”

---

① 巴黎独立运输公司（Régie Autonome des Transports Parisiens）的法语首字母缩写。——译者注

“因为那些书啊。”

“什么书？哦！那些呀……当然不生气啦，亲爱的，我早就琢磨别的事儿去了，只有你才会把书的事儿特别当回事儿……”

克洛埃忽然皱起眉头，就像是想起一件已经半埋进记忆深处的往事。

“既然说到了书的事儿……你辞职的时候给我留了一本书，就放在我桌子上，没错吧？”

“嗯，是啊。”朱丽叶点点头，“你看了吗？”

“多少看了点儿。呃……看了挺多。”

克洛埃看了一眼其他乘客，撇了撇嘴，用一只手挡住嘴巴悄声说：“其实我全看了，从头看到尾。”

“然后呢？”

朱丽叶并不想表现得过于迫切，可她实在是太好奇了。

克洛埃昂首挺胸地重新坐正身体。那条丝巾也随着她的动作神气活现地鼓起来。

“然后，我就辞职啦！”

“你也辞职了？”

“是呀，我也辞职了。你猜怎么着，我总觉得那本书同意我辞职，甚至鼓励我这么干。对，就是它督促我这么干的。对你来说，这种事儿肯定很平常，可对我来说……”

她的声音悬停在最后的音节上，两眼圆睁，几乎吓着了，仿佛直到现在才意识到自己当时受到了精神控制，或是在全然不知的情况下被人催了眠。

“那你现在做什么呢？”朱丽叶略带担心地问。

如果是克洛埃的话，一切皆有可能。她可能自己开了家公司，专门帮16区的人[①]遛宠物——那些新型家庭宠物，特别是巨型蜥蜴什么的；她可能当上了SM[②]内衣模特；她可能斜挎着大喇叭，带人参观巴黎的下水道；她也可能不分昼夜地骑车去派送威士忌兑猕猴桃汁的鸡尾酒……

“我在学习烘焙、化妆，还有记账。”克洛埃一一列举着，“我跟你说，房屋售前装修那一套给了我不少灵感，还有你那本书。”

“什么灵感？”

“婚礼策划呀。不管结婚的是异性恋还是同性恋，不管他们要举行盛大的仪式还是要简单签个同居协议，全都没问题。只有你想不到的，没有我做不来的。比如说两个信德鲁伊教的人要结婚，或者是新人想让神父跳伞到婚礼现场什么的，怎样都行。总之呢，就是帮两个人策划点儿什么，好让他们幸福。你看，道理是这样的——要是两个人结婚那天很幸福，特别、特别幸福，那他们就不

---

① 巴黎16区设有众多大使馆、体育馆等，还有巴黎最宽的街道——福煦大街，向来被认为是传统的富人区。——译者注

② SM是英语单词sadomasochism的简写形式，意为“性虐恋”，即通过痛感获得性快感的性活动。——译者注

想破坏这种幸福，所以呢，他们以后也会为之努力的。对了，你得帮我列个单子出来……”

“列出我有哪些朋友要结婚吗？还是算了吧。”

“才不是呢！”克洛埃强忍着怒火似的耐心解释，“是书单啦！我会送给每对新人一本书，一份小小的赠品，就像婚礼蛋糕最顶上的那颗樱桃。你懂的吧？”

是的。朱丽叶完全懂了。可是，另一个让她觉得难以启齿的问题出现了。

“克洛埃……我……那个，真不好意思，可我真的想不起来当时给你的是什么书了。别误会，我当时真是特地为你选的……你别生气……我只是……最近一直在跟各种书打交道，睁眼闭眼全都是书的事儿（朱丽叶突然意识到，这么说还算是委婉的……），所以所有书都混在一块儿了。”

她的前同事宽容地看着她，那眼神就像在看三岁的小孩，或是上了年纪的老人。

“亲爱的，我理解你。”

克洛埃在自己的包里翻找着，然后像个胜利者似的挥舞着一本薄薄的书。

“嗒——哒——！找到啦！我总是随身带着，它是我的幸运符。我买了五本，保证手边随时都有。”

朱丽叶看向那本书的封面——蓝色的背景，被粗羊毛衫的袖口遮住一半的手掌，在那只属于女性的手中，捧着一朵猩红的花。

小川糸，《蜗牛食堂》。

20

“换个位置，我必须得换个位置，不光是在地铁上。”

自从目送着朝气蓬勃的克洛埃在巴斯德站下车离开，这三句短短的话就始终在朱丽叶的脑海里徘徊不去。她看着克洛埃从一对新婚夫妻身边走过。他们正站在“香奈儿五号”的巨幅香水广告牌前拍照。新娘身穿柠檬黄的珠罗纱长裙，看起来就像一只蝴蝶。她要飞到哪儿去呢？飞进隧道里。这可不是什么积极的想法，朱丽叶暗暗批评自己。可话说回来，人不可能时时刻刻都积极啊。其实这次意外相遇让她挺开心的。尽管如此，当得知贝纳尔先生已经关掉了中介公司时，朱丽叶还是惊讶得张大了嘴巴。据克洛埃说，贝纳尔先生把自己的专用咖啡壶连同那个珍贵的杯子一起打了包，离开巴黎去了阿尔代什省，住进了森林边上的一座房子里。他还亲口向克洛埃承认，他终于意识到什么才是自己内心最深处的渴望。那就是——每天早上走出家门时，都能瞧见一只狍子正躲进朦胧的晨雾里。

“你也给他留了本书，对吧？”克洛埃问。

“是啊。”

“什么书？”

这回，朱丽叶倒是记得很清楚——亨利·戴维·梭罗，《瓦尔登湖》。当时，她在这本书和卡尔维诺的一本短篇小说集之间犹豫不决，反复掂量了很久。后来她想，贝纳尔先生应该很鄙视特别薄的书，因为他总是一本正经地宣称，他偏爱那些“有深度的人”。

朱丽叶怀着雀跃的心情拐进了小巷。那扇生锈的大铁门就在左前方，道路上能看见它投下的隐晦不明的暗影。她很开心，或许她这辈子真能做出些有用的事情来。比如说通过赠书给别人，让他们获得少许力量、勇气，或是轻松愉悦。不对，她立刻自我纠正：这只是巧合，根本和你一点儿关系也没有。小丫头，你可别得意扬扬地在那儿翘尾巴了。最后这个句子自动出现在她脑海里，像一首不停回响的儿时歌谣—人们总能轻声哼唱出那些词句，它们意义不明，却总是如影随形，挥之不去。

这话到底是谁对她说的？啊，想起来了。那时她在上小学四年级，每当她做成了什么事，或是自以为做成了什么事的时候，那个女老师就会这样说。显然，她的老师对现今所说的“积极教育”嗤之以鼻，她从未听她说过一句鼓励的话。如果有人表现出数学或是绘画天赋，那是因为基因好，家里教育得好，或者是来源于某种复杂的世界地形，总之都是巧合。巧合、巧合、巧合，小丫头，你可别得意扬扬地在那儿翘尾巴了。

根本和你一点儿关系也没有。

朱丽叶来到大门前，她的手触到了冰冷的金属把手。

“说不定……跟我还是有关系的，就那么一点点。”

她大声重复了一遍相同的内容，像是获得了某种微不足道的胜利。

接着，她注意到一个细节，一个无足轻重的细节——至少，它本该是个无足轻重的细节。但事实并非如此，完全不是，这个细节让她呆立在原地。

始终夹在门缝里的那本书，让大门保持虚掩状态的那本书……不见了。

“这不可能，这不可能。”

朱丽叶无法大声说出这句话，但她一直在重复每个字眼，一遍一遍又一遍。她像是要筑起一道自我保护的屏障，好将莱昂尼达斯刚刚告诉她的消息隔绝在外。莱昂尼达斯脸上那种柴郡猫般的微笑早就荡然无存。他脸色惨白，像是正在融化的白乳酪。融化，融化，直到整张脸、整个身体都在她的注视下扭曲、变形，瘫成一堆，消失在混凝土的缝隙里。最后，地上将只剩下一顶帽子。朱丽叶被自己想象出的情景吓得心惊肉跳。多么可怕的画面，多么不合时宜的念头，尤其是现在这个时候……

她根本不该用身体倚住那扇大门，根本不该走进院子，根本不该转动办公室的门把手。

她不想一回来就听到这些。

“什么时候的事？”

她总算找回一丁点儿声音，那听起来就像老鼠短促尖锐的叫声。

“三天前，”莱昂尼达斯回答，“医院那边花了些功夫才找到他的地址，他给人家留过一个——当然了，是假的。”

“他为什么要留一个假地址？”

“照我看，他就是想彻底消失。他可能想保护扎伊德，保护我们。谁知道呢。”

“可是既然要做手术，必须得有个紧急联系人啊。就是……怎么说来着，你信任的人。”朱丽叶怎么样也想不明白。

“他留了。”

莱昂尼达斯的脸皱成一团，双手交叉放在胸前，那姿势与其说是在祈祷，不如说更像是怒不可遏。

“西尔维娅，就是那个……你知道吧……”

不知道，朱丽叶不知道。她低头看着自己的双手。它们一动不动地放在膝盖上，就像死了一样。

“就是那位女士……她总带着一本烹饪书。她……她也常坐 6 号线，跟你一样，也跟我一样。”

“哦……”

“我爱上了她，可我从没跟她说过，只要能看见她我就心满意足了，只要在地铁上看看她就行。而且用不着每天都看见。朱丽叶，在你开始观察我之前，我就已经爱上她了。我敢说你什么都没注意到，她也没有。”

没错，朱丽叶什么都没注意到。她不想再听下去了——至少现在不想。莱昂尼达斯显然也明白，所以他开口道歉：“对不起。”

朱丽叶沉默地点点头。苏莱曼……苏莱曼死了，死于心脏手术引起的一系列并发症。莱昂尼达斯对朱丽叶解释说，这项手术风险很大，而苏莱曼先前一拖再拖，终于拖过了最佳手术期限。“苏莱曼好像……”他补充说，“好像根本不想给自己留下任何机会。”

所有这些情况，他都是去了医院才得知的。

“就在我去坐地铁的时候，就在我跟克洛埃说话的时候，就在我觉得很幸福的时候，就在我有生以来头一回……稍微为自己感到骄傲的时候……”朱丽叶默然，暗暗想着。

“扎伊德呢？”朱丽叶问道，“扎伊德在哪儿？”

“还在学校。时间还早呢，对吧？”

不知道，朱丽叶无法做出任何判断。她呆呆地坐在那里，有什么东西在她胸口膨胀起来。膨胀，膨胀，既不是生命，也不是承诺。是死亡，更确切地说，是死人——一个刚刚死去的人。一条刚刚有人死去的消息。有人需要保护和安慰，有心情需要平复，有个地方……需要送扎伊德去……

一闪而过的词语触动了她。朱丽叶立刻站起身，向扎伊德承诺过一次旅行——尽管她们那个赌其实作不得数——她应该信守诺言。那之后呢？她难道不该……她甚至找不出合适的词语来形容头脑中此刻浮现出的沮丧画面。她也不希望自己能找出任何合适的词语，至少不是现在。

莱昂尼达斯轻咳几声，朝她走过来。

“扎伊德在这儿很幸福，”他低声说，“但别人不会让我们这么做。”

无论有没有叼着烟斗，这个男人都能未卜先知。自从认识他以来，朱丽叶始终觉得他能看穿任何人。或许在他面前，每张脸都像是不加遮掩的封面，只需看一眼就能弄清里面的内容。

“这我知道，可我受不了……只要一想到……”

好了，她用不着再继续说下去。他明白她的意思，就像之前每次一样。

“我也是，可那小姑娘的确有母亲，即使苏莱曼从未向你提起过她。”

“我还以为……她已经去世了。”

莱昂尼达斯动作笨拙地把他那宽厚的手掌覆在朱丽叶手上。她先是浑身一僵，紧接着，从那些胖胖的手指上传递过来的热量让她安下心来。

“我知道她住在哪儿，”莱昂尼达斯继续说，“苏莱曼跟我说过。那天我其实只想让他瞧瞧，我们希腊的酒是不是比他那些药草茶好喝，结果他醉得连路都走不稳。我当时还觉得很内疚。”

他低下头，两颊微微颤抖，随后像在总结似的说——

“现在不会了。”

21

扎伊德的手与莱昂尼达斯的手截然不同：她的手很小，以至于朱丽叶每时每刻都在担心，生怕自己握不牢那只小手。她们俩站在区域快铁 C 线的站台上，对抗着每隔相同时间就会刮过来的风。阵风吹起注塑座椅下面那些皱巴巴的纸，推着它们懒洋洋地打着旋儿往前飘，又把它们甩在稍远些的地方。根据朱丽叶的观察，乘坐这条线路的乘客全都低头哈腰，缩着肩膀，只有这样才能抵御时断时续的大风。如果下着雨，他们肯定得用两只手死死攥着伞柄。

杜尔当森林站是 C 线的终点站。不过，她们还是得多加注意，必须搞清方向，既不能错上了开往马罗勒于尔普瓦站的车（扎伊德刚才站在列车线路图前面，嘴里来回念叨着这个站点，就好像正牵着它在舌尖上打转，留下一线咸涩的、让人愉悦的痕迹），也不能往圣马丹埃唐普站的方向去。

“我的旅行，我的旅行。”扎伊德打着拍子重复说。

她刚刚给自己的跳房子游戏创造了一条模棱两可的规则——如

果碰到不准跨越的区域，她可以选择踩着边线横跨过去。很显然，每隔一问，她就实行一次这条新规则。朱丽叶有点紧张地往后拽了拽她。扎伊德停止游戏，用不满的眼神盯着朱丽叶看。

“你跟爸爸一个样，什么都怕。”

朱丽叶的掌心潮乎乎的，她大概第一百次暗自琢磨，自己跟莱昂尼达斯就这样对扎伊德隐瞒真相……真的是正确的吗？其实，不把苏莱曼的死讯告诉扎伊德，这并非他们两人协商做出的理智决定，并非出于对逝者女儿的同情，也并非因为他们悲伤得不能自已。事实是，他们俩不约而同地在困难面前犹豫不决，总想绕道走开。

没错，绕道走开，不再去看横亘在他们面前的那堵高墙。他们应该飞越过去——这不可能——或是两眼一闭直接推倒它。不该去考虑石缝间有什么植物正在萌芽，也不该在意它们即将死去，根须裸露在外，呈现在众人眼前，风干或是腐烂。她眼里的扎伊德是个固执的孩子，思路敏捷，有时候还带点毒舌；莱昂尼达斯却觉得这小女孩稳重，脚踏实地。而且，跟着古怪的父亲生活了这么久，扎伊德其实已经习惯了，虽然时有埋怨，却也把他照顾得挺周到。

“您说得没错。”朱丽叶回答。

她没再多做解释。她原本以为会有一大堆潜藏着的心理医生站出来反驳，告诉她说出真相才是唯一正确的选择，这样才不会罹患神经官能症。他们肯定能瞬间看穿她所谓的“直觉”。

然而，她的“直觉”始终固守在原地。她最后决定相信自己这么一次。暂且相信，仅此一次。

扎伊德会定期收到母亲的来信，朱丽叶完全没想到这一点。小女孩把那些五彩缤纷的漂亮图画拿来给她看，画面周围用细小而工整的字迹写着种种说明文字。

“喏，那边就是房子。”“有只小鸟在正对着厨房门的石榴树上唱歌呢。”“你保证会爱上这样的散步，改天我们一起去。”“今天，我在田野边上遇到一头小驴子，我们俩聊了半天。我敢肯定，你一点儿也不觉得这事儿有什么奇怪。”

菲茹泽赫的签名是个大写的花体F，字母周围布满了螺旋形的纹路，它看起来就像漂浮在纸面上一样。

“‘菲茹泽赫’在波斯语里是‘绿松石’的意思。”扎伊德解释说，“我妈妈住在很远的地方……那个城市叫设拉子。”

扎伊德把朱丽叶带到自己的卧室，从门边床底下的一摞书中抽出一本地图册。那本书又大又厚，她几乎拿不动。扎伊德认真翻开地图册，指了指其中一个黑点——她用海蓝色的记号笔把它圈了起来。

许多问题就要冲口而出，朱丽叶把它们硬生生咽了回去。扎伊德的母亲为什么会用法语给她写信？苏莱曼为什么要带着女儿离开伊朗？他已经离开那里多久了？究竟发生了什么事？他的妻子菲茹泽赫为什么会在几个月前来到法国？既然已经来了，为什么又不来见他？莱昂尼达斯带回来的消息不能为朱丽叶提供任何答案。更何况，他最近一直无精打采，沉默寡言。他每天早上过来，坐在苏莱曼的办公桌旁边，呆呆地盯着西尔维娅的照片——那位同样乘坐6号线的女士，总是会在车上阅读烹饪书。直到有一天，她选择了迎向死亡，拥抱死亡，任凭它将自己带向远方，如同满怀惊喜地去品尝某种全然陌生的滋味。

朱丽叶把扎伊德的手握得更紧，身上的战栗绝不是因为刮个不停的风——她在害怕。当然，莱昂尼达斯已经给扎伊德的母亲写过信——他至少有个邮政地址。当然，菲茹泽赫也回了信——一张只写了“来吧”两个字的卡片。那张卡片夹在对折的纸页里，纸上画满了凌乱的草图。朱丽叶凝视了那些画面许久，才把它拿去给扎伊德看。一座小房子，正面显得有些阴暗，因为有一棵看起来非常巨大的树垂下枝条，挡住了光线，很可能是橡树或椴树；一扇窗户，窗台边缘摆着一箱箱橙色和红色的花；一排用油漆刷过的栅栏，不是白色，而是绿色。栅栏后面的叶丛已经染上了秋意，一只鹿的身影在其间若隐若现。

扎伊德轻轻抚摸着每幅画面，她看起来甚至一点儿也不惊讶……

“车来了！车来了！”扎伊德叫起来。

她的背包上下跃动，她的辫子跳着舞，她一脸赞叹地望向站台尽头。苏莱曼决定闭门不出，以至于扎伊德的生活空间也变得十分狭窄。与其说她受到了良好的保护，不如说整天像坐牢似的局限于从家到学校的两点一线。她会不会因此一直备感痛苦？从某种意义上说，朱丽叶自行选择了这种周而复始的日子。可扎伊德呢，她其实是被迫接受了这样的生活。此时此刻，她们俩同时体会到冒险带来的战栗感。杜尔当森林站……没错，这是一场冒险。哪怕是最微不足道的一点改变，只要你勇于面对，大胆接受，它就会变成一场冒险。

22

她们俩稍微费了些功夫才找到那座房子，它坐落在火车站往杜尔当森林方向两公里的地方。在扎伊德的母亲寄给女儿的画里，那片森林是用相互交叠的水彩色块——分别是赭黄色和嫩绿色——来表现的。空气里有烟雾的味道，一间漆成天蓝色的鸟屋充当了信箱，略微歪斜地被固定在一棵新栽不久的樱桃树旁边，鸟屋的托架刚好作为樱桃树的支柱。

"就是那儿吗？"扎伊德严肃地问。

"应该是的。"朱丽叶回答。

这几个字突然有了分量，就像是那些刻有螺旋花纹的铁球。有人在书库墙外的公寓楼院子里开辟出一块方形沙地，在那里玩滚球游戏。这些年来，扎伊德肯定经常听见铁球被掷出时的相互撞击声，还有玩球的人们愤怒的叫喊或是兴奋的欢呼。朱丽叶不由自主地低头去看扎伊德，同时想象着最离奇古怪的东西从鸟屋里飞出来——就像某些故事里所讲的那样。

但是，什么也没有发生。很显然，经常有人来鸟屋取信：脚印随处可见，它们从房子那边延伸过来，又沿着原路返回。足迹并不深，但轮廓清晰。菲茹泽赫有着舞者的双脚。朱丽叶暗想，她应该身材不高，动作轻盈。总而言之，她就是成年版的扎伊德。

她们仍然手牵着手，跟着那些足迹走到房屋的正门前。那扇大门最近刚刚被漆成了和鸟屋一样的天蓝色。朱丽叶抬起另一只手，敲门。门扇立刻转动，开启。难道说有人在门厅里某扇敞开的低矮窗户后面窥视着她们？一定是这样的。不过，出现在门口的女性与朱丽叶刚才的想象截然不同：她的红棕色头发从上到下打着卷，身上披着带流苏边的大披风，鼻尖微翘，鼻梁上架着一副金属边框的小圆眼镜。她并没跟朱丽叶打招呼，而是蹲在扎伊德跟前，朝自己的女儿张开双臂。扎伊德表情严肃地一动不动。片刻之后，扎伊德弯下腰，用额头贴了贴母亲的掌心，一触即分。她好像还说了一个词，朱丽叶几乎怀疑自己是否幻听。

“死了。”

一辆卡车从路上开过，窗玻璃全都跟着颤动起来，发出一阵清脆的声响。突然，朱丽叶重新看见了苏莱曼。他正鼓捣着那把自制咖啡壶，杯子相互碰撞，强烈的咖啡香气弥漫在书本之间。

“او خوشحال کن.”① 菲茹泽赫低声说。

---

① 波斯语，意为“他现在很幸福”。

朱丽叶听不懂。所以她当然不知道这句话是说给她自己的，还是说给她和扎伊德两个人的。她也不知道自己正在哭。在她尚未有所感觉之前，泪水已经顺着脖子流了下来，沾湿了她的围巾，蓝色的，她最喜欢的那条围巾。

她们喝了茶，生起了火，坐在石头壁炉周围随意放置的坐垫上。壁炉里的木柴溅出点点火星，菲茹泽赫用拂尘似的东西把它们挥开，每次动作都伴着扎伊德的掌声。朱丽叶微微倾斜手里的小勺，任由蜂蜜沿着勺柄往下淌。劈成两半的木柴燃烧起来，那些火焰或蓬勃跃动，或渐渐熄灭。流淌的金色液体上映出鲜红色和绿色的反光。

等等。

再等等。

“我不想离开自己的国家，”菲茹泽赫突然开口说，“我的父母都在那里，他们的年纪越来越大了。更何况，他们从来没有喜欢过苏莱曼。在他们看来，他是个‘跟纸打交道的家伙’，您明白我的意思吧？他们认为他不算真正活着。‘没人知道他脑子里在想些什么。’我父亲曾经这么说。至于我……我知道，或者说，我那时候以为自己知道。他爱我，爱我们的女儿，爱那些山——我们那时住在山脚下——也爱诗歌，这些就足够让人活上一辈子了，对吧？”

还没等朱丽叶回答，她就一边用炉钩拨弄着木炭，一边继续低声说："不管怎么样，我相信他爱着这些，因为只有这样我才能安心。可在我看来，诗歌……它实在太复杂了，就像一条迂回曲折的路，有时候还会把人带进死胡同。我更喜欢画面，还有色彩。从本质上说，它们或许都是一回事。可那时候，我和苏莱曼没完没了地争吵，这让我疲惫不堪。我曾经对他说，生活不是杏仁，不可能由着你剥皮去壳，然后找出最好的那一颗。可他仍然固执己见，他就是那样的人。他越来越少出门，整天把自己关在同一个房间里，那个房间的窗子正对着花园里那些巴旦杏树。他一遍遍地对我说：'哪怕是同样的东西，只要经常去看，只要坚持不懈地观察，就能从中看出关键，并由此领悟到我们是谁。'我不知道他在寻找什么，也不知道他究竟想要什么……"

菲茹泽赫抬起头，她的眼神凝定、沉暗，满是悲伤。

"我永远无法理解他，他也永远无法理解我。我想，大多数夫妻都是这样的吧。我们满怀激情地向对方描述自己的想法，我们以为自己什么都知道，什么都理解，什么都接受。直到我们之间出现第一道裂痕，产生第一次挫折……那并不一定是出于恶意，不，很可能不是。然而，覆水难收。所以全部都四分五裂、烟消云散、不可挽回……我们发现自己赤身裸体、形单影只，身边还躺着一个陌生人，同样赤身裸体、形单影只。那感觉太难熬了，我们根本无法忍受。"

"他也没有忍。"朱丽叶低声说。

“是啊。”

“他离开了。”

“没错，带着扎伊德一起，是我让他这么做的。扎伊德原本就跟他更亲近。我知道，她在这里会过得更轻松些。或许，他也一样。”

“那您最后为什么又要离开伊朗呢？”

“我的父母都去世了，我在那里没有任何亲人了。来这儿的时候，我满脑子只想着一件事——再看看我的女儿。可我做不到……只差一点点……然后……”

她垂下长长的睫毛。

“我觉得自己已经不完整了，就像是被放逐……我不知道还能怎么解释。我不再完整了。我不想让扎伊德也承受这样的痛苦，不想让她体会这种空虚，这种焦虑，这种无论如何也无法减少的‘虚无感’。所以我一直在等。我在离开之前卖掉了家里的土地，所以生活上还算衣食无忧。我在伊朗有工作，我曾经是老师，教法语……来这里以后，我开始给青少年绘本画插画。有事做总是好的。起初，苏莱曼也要做事赚钱，那也对他有好处。

“可他很快就又开始闭门不出了。他只在那一间屋子里转悠……

“他曾经说过，只要一间屋子就能容纳全世界。”

“因为有书，”朱丽叶小声说，“当然是因为有书。”

然后，她开始讲起自己的事。

23

朱丽叶在森林边上的那座小房子里等了三天，连她自己也说不清，她等的究竟是什么。她只知道，那样的等待就像冰冷而平静的土地，难以置信地明亮、广袤、空旷，而她毫无反抗地沉沦其间，甚至如释重负。

起初她总是在哭。像幼年时第一次遇到伤心事，像少女时第一次经历失恋。看见一杯咖啡就能让她泪流满面，搭在椅背上的黑色旧毛衣也能让她哽咽不已。她立刻看见那个熟悉的身影，他正笨手笨脚地将毛衣拿在手里，展开，穿在身上。事实上，那件衣服是 XS 号的，袖子因为洗过而缩水。苏莱曼的长胳膊恐怕根本不可能穿进去。

菲茹泽赫面无表情地看她哭泣，也没有任何要安慰的意思，只是给她端来热茶，一杯又一杯。

“您其实是英国人吧？”朱丽叶抽抽噎噎地问。扎伊德刚才满是关切地过来，在她肩膀上围了一条大披肩，朱丽叶现在正在用披肩一角擦着眼泪。“英国人才觉得一切都可以用热茶来解决，阿加莎·克里斯蒂的小说里……”

“我从来没看过她的小说。”菲茹泽赫语气轻快地打断她的话，“我跟您说过，我更喜欢画面、色彩、动作、姿态，喜欢纸张和皮肤的触感……”

朱丽叶把茶杯放在壁炉边上，手微微发抖。“他的皮肤……苏莱曼的皮肤……没什么光泽，但也不是每一处都相同。腰窝里有阴影，有些地方格外苍白……皮肤的纹理……大腿的形状……与其跟您说这些……我更应该……画给您看……”

“不必了。”朱丽叶小声说，两眼紧盯着自己的脚尖。

菲茹泽赫朝她伸出手。

“朱丽叶……他和您……你们没有……”

“没有。”

“可您一直在哭。”

“是啊，这不正常，您是想说这个吗？”朱丽叶突兀地问，她的语气突然变得咄咄逼人，“扎伊德一滴眼泪也没掉，这样就正常了吗？”

菲茹泽赫把手搭在朱丽叶的手上，那感觉像是有只鸟儿从森林里飞来，选择停息在她的手上。朱丽叶感到某种古怪的慰藉。

“‘正常’，我从来没能理解这个词的含义，您呢？”

她在等待朱丽叶的回答，但朱丽叶许久没作声。菲茹泽赫轻轻抚摸着女儿的头发，扎伊德紧紧蜷缩在她怀里，抿着嘴唇，轻声哼着什么调子。那曲调很特别，有时候它低得几乎听不清，仿佛只是喉咙间的轻颤，泄露出潜藏在歌者内心深处的回响；有时候，它又尖细温柔，像是孩子唱给自己听的一首摇篮曲。扎伊德闭着眼睛，把拇指含在嘴里。

最后一滴眼泪沿着脸颊流下来，朱丽叶任由它在脸上风干。她久久地凝视着扎伊德，眼看着数年时光在那张童稚的脸上悄然消逝，那小女孩重新回到刚出生时的样子，安安静静地熟睡在母亲的怀抱里。

“我不知道这算不算正常，”朱丽叶终于开口说，“我只觉得空虚。我的生活原本被各种琐事填满，我并不喜欢它们，或者说，并不那么喜欢它们。但它们就在那里，有它们也就足够了。后来，我遇到了他们父女俩……”

她闭了一下眼睛。

“应该说是他们四个人。苏莱曼、扎伊德、戴帽子的男士，还有那位女士……她……她也已经死了。他们每个人都给了我一些东西，可与此同时，他们也把我原本拥有的一切都带走了。我现在一无所有，您明白吗？我成了空壳。我能感觉到风从身体里穿过，很冷。”

“您很幸运，”菲茹泽赫慢慢地说，“至于我，我完全被这个刚刚重新得到的孩子占满了，脑子里想的都是她。她不在的时候，她在的时候，还有那场让我们重聚的死亡。我的旅程到此为止了……至少目前看来是这样。但是，请别误会，我并没有为此觉得遗憾。”

菲茹泽赫小心翼翼地移开紧抱着她的细幼手臂，走到窗前，推开了双扇窗。一阵风猛地刮进房间，木炭上蹿起一簇火苗，又渐渐变弱成淡蓝色。

“这风……”她说道，“您感觉到了吗？朱丽叶，走出这个房间，去呼吸一些新鲜空气吧，去听一听风声吧。您跟那些书在一起待得太久了，就像他一样。书和人都需要旅行。”

扎伊德并没有醒，不过，她稍微动了两下，像一只在梦里伸展身体的幼猫，还发出满足的呼噜声，仿佛有只看不见的手正在慈爱地拍抚着她。

其实，她的口袋里还有一本书。就在她以极小的步子绕着那座房子散步时，朱丽叶能清楚地感觉到那本书正紧贴着她。

“我让人同情了呢，就像个上了年纪的老太婆。”

自嘲能让她心里好过起来，隔着衣服的布料抚摸那柔软的封面也有相同的效果。那是玛雅·安杰洛的书——《给我女儿的信》，是她在出发前的最后一刻放进口袋里的。因为它当时就在一摞书的最上面，触手可及。因为她们俩的包都很沉，而这本书刚好不太厚。（她并没有按照重量来挑选读物的习惯，这还是第一次。不过她心想，这倒很可能是个不错的办法。尽管她以前从没这么想过，但她完全可以用这个新方法来给书分类。厚重的大部头适合坐在火炉边慢慢看，或是用来打发无所事事的假期；有的书适合野餐时看；经常性的短途旅行就要带短篇小说集；零碎时间里可以看某个主题的文选或诗选，比如刚好没有电话打来的时候，同事们去吃午饭的时候，或是倚着咖啡馆的吧台，喝着双倍浓缩咖啡的时候。如果再配上一杯水，就能一直看到文章的结语部分。）

在来这里的火车上，她大致翻了一下这本书。扎伊德一路上看什么都觉得神奇：马戏团里那红白条纹的圆顶帐篷，有鸭子在游泳的方形池塘，花园里燃烧的落叶堆，阳光里螺旋上升的烟雾，还有所有的道路、所有的车辆，它们全都要去往某个地方，就像她们俩一样。

小女孩不停地招呼她一起看，这让朱丽叶很难集中注意力去看书。

“每个人都在动呢，真疯狂。”扎伊德大声说，“他们一直在动。”

那时候，朱丽叶的手指正准备翻页，她看到的那一页上写着：

我是

黑人女性

高如松柏

强大得超过所有想象

对抗着空间

与时间
以及各种各样的情形
我被围攻
却面不改色
坚不可摧

她当时只看到这里。那天晚上，她在沙发上过夜。菲茹泽赫帮她摆好枕头，还拿来一条暖和的羽绒被。朱丽叶再次拿起那本薄薄的书，原来那并不是玛雅·安杰洛的诗，它的作者名叫玛丽·埃文斯。玛丽·埃文斯，她立刻在搜索引擎里输入这个名字，想对她多做些了解。朱丽叶眯起眼睛，放大那个出现在智能手机屏幕上的页面：这位作者于1923年出生于美国的俄亥俄州，这首诗叫《我是黑人女性》，它代表众多美籍非裔女性的内心吁求，说出了她们的心声。玛雅·安杰洛也是其中之一。所以她一生都在为黑人女性的生存条件和社会地位而奋斗。米歇尔·奥巴马曾经说过，正是玛雅·安杰洛的书给她以力量，让她从一个生活在芝加哥南部的黑人小女孩，成长为入住白宫的美利坚第一夫人。

在这本书里，作者引用了玛丽·埃文斯的这首诗，佐证了屈辱之中可能迸发出的激情。

结尾的诗句是：

你看看我

然后

去重获新生吧

24

“我不是黑人女性。我不可能高如松柏。我不强大。我没法无动于衷。然而，我也同样有事情要面对。所以，观看，重生……这样应该很好。可是，要看什么？又要去哪里重获新生？”

朱丽叶昂着头，在原地向后转。她身上穿着菲茹泽赫借给她的米色派克大衣，感觉有点可笑，就好像自己是个从母亲的衣柜里乱翻东西的小孩子。那条蓝色围巾在脖子上绕了两圈，一直挡到鼻子。她从外祖母亲手编织的一个个网眼里嗅到凛冽的空气。突然，她无比清晰地回想起那些手指的样子：关节略微粗大，皮肤上出现老年人特有的斑块。以前的人们把那些老年斑称作“墓地之花”，多可怕的画面。如今，外祖母的手指已经一动不动，那位乘坐地铁的女士——西尔维娅的手指也一样。她决定远离活人的世界，或许因为能让她亲手编织围巾的人已经不复存在，或者只因为她的生活再也无法变得稍微多点乐趣。这种缺失，这种静止，让朱丽叶觉得世界的节奏也随之扭曲。她必须找到一些什么，尽快找到，这样才能使一切回归正轨。

愚蠢的念头。

她头晕目眩，还刚给自己制造了一个自命不凡的愚蠢目标。她到底以为自己是谁啊？苏莱曼死去以前，她是个不幸的人，至少是个闷闷不乐的人，她找不到自己的位置。那又怎么样呢？生活把她放在哪里，她的位置不就在哪里吗？不，不对，应该说，她选择把自己藏在哪里，她的位置就在哪里。高不成，低不就，整天浑浑噩噩，说白了，跟最普通的混吃等死也差不了多少。没错，就是这样。

就是这样而已……

的确让人郁闷，但事实如此。

面前有棵巨大的柳树，潮湿的黑色枝条一直垂到地面，挡住了她的去路。她顺手分开枝条，继续往前走。她的脚下踢到了花盆的碎片，它们朝前翻滚几下，停在一堆割下的野草和一小块菜地之间。那些草已经腐烂了，而那块菜地显然是菲茹泽赫用系在小木桩上的细绳特地圈出来的。菜地一角种着一小片红萝卜，还有一些冬生菜。新近翻过的黑土地看起来很肥沃，如果她把手指插进去，一定也会觉得十分温暖。

在距离她数米远的地方，在充当花园围墙的生锈铁丝网之外，有一座简陋的小屋，搭建它的木板已经因为年长日久而变成了暗灰色。屋顶下陷，板条开裂，有些地方甚至扭曲折断。从那些破板条的缝隙里，她看见一个鲜艳的黄点，黄得像蜂鸟的喉部，像那些球状的金合欢花——那些花朵毛茸茸的，散发出熏人的香气——许多年以前，她总会给母亲买那种花。因为她的母亲曾经每到冬天就憧憬着美丽的尼斯和蔚蓝海岸[①]，却连一步也不愿意离开她家的独栋房子所在的那条街。

朱丽叶抓住生锈的铁丝，用力扩大围栏上的缺口。她从那里钻了过去，同时暗暗祈祷菲茹泽赫的派克大衣千万别被任何尖刺剐到。钻过铁丝网之后，她立刻跳过一条小臭水沟，又在一丛丛荨麻和大麦色的茎秆中七拐八绕，那些茎秆一碰就会折断，朱丽叶怀疑它们连一朵花都开不出来。这块地方似乎已经荒废了一段时间，所以成了默认的垃圾场：只剩下四脚的熨衣板戳在一堆塑料桶中间，桶里装满了发黑的液体，几盒已经烂掉的布料被扔在四条腿长短不一的凳子上。最夸张的是铁熨斗，它被卡在早就过时的老式煮衣桶里，旁边居然还有顶帽子——没错，一顶跳沙龙舞时戴的红帽子，上面镶着闪光片，似乎是新的。

小木屋的门被几张弯曲的薄铁皮卡住了，不过侧面的整片墙体几乎完全塌了。屋子里停着一辆车，车上盖着绿色遮雨布，车轮下垫着木块——像战争时期一样，朱丽叶心想，那时候没有汽油的车就会这样停放。可是，以前有黄色的车吗？显然是有的。（世界

---

① 金合欢花在法国城市尼斯及蔚蓝海岸地区随处可见。——译者注

并非只有黑白两色，尽管在第一次看《穿越巴黎》的时候，她的确曾以为世界由这两种颜色组成。这也不能全怪她，毕竟那时候，她应该只有六岁。)

朱丽叶抓紧遮雨布的一角，用力一拽，压在车顶上的几块砖滚落下来。她往旁边跳开一步，躲开砖块，又继续使出全力去拽遮雨布。汗水沿着她的脖子、后背往下淌。这突然的恼怒到底从何而来？朱丽叶甚至不知道这块地方是否归菲茹泽赫所有，或者是否已经被租了出去——那位名正言顺的合法拥有者随时可能从树林里冲出来，朝她端起一把上了膛的猎枪……

遮雨布被撕裂了，软绵绵地掉在地上。苔藓在它的内侧勾勒出若干虚构的大陆轮廓。几只小动物迅速逃进了干树叶堆，发出一阵窸窸窣窣的响声——大概是田鼠，也可能是猫。她正在破坏一片小小的生存空间。这里的一切原本都按部就班地发生着，车轴之间搭着耐心建好的窝，里面或许还有几个尚未睁眼的肉粉色小生命……不，不可能，季节不对。她能确定吗？未必。如果一个人在巴黎地铁 6 号线上度过那么多时间，那么，他对乡下的任何事情恐怕都不能确定。她过去常常想象动物在各自的领地上如何生活。只不过，她所有的博物学知识都来自迪士尼版本的《爱丽丝梦游仙境》，她的想象也只能依托于此。

朱丽叶继续拽着那块遮雨布，又有几块砖掉了下来。最后，那下面的东西终于出现在她面前。它友善而诱人，像大号的玩具，只是比玩具要脏得多。

一辆迷你巴士。

黄色的。

“它是您的吗？”

朱丽叶上气不接下气地冲进菲茹泽赫的工作坊，后者正领着扎伊德搭建一根图腾柱。她们搬来不少木柴，把这些柴火从中间劈作两半，内里柔软粉红。母女俩把它们一块接一块地垒起来，然后给木头柱子淋上不同颜色的油漆，细流般的油漆正沿着柱子往下淌。

“接下来，”扎伊德解释道，“我们要用橡皮泥给它做眼睛，还有眉毛，还有嘴。这样它就能没完没了地说话啦。”

她把“没完没了”这个词重复了两三遍，像在期待着朱丽叶的表扬。

“‘没完没了’，这个词挺好的，你知道吗？”

小女孩摇了摇头。

“你真聪明。”

扎伊德轻轻撇嘴，用沾了油漆的双手摆弄一块木柴，胭脂红色的溪流顺着木头的纹理流淌。

“木头在流血，”她低声哼唱起来，“木头要死了。”

菲茹泽赫拍了拍她的肩膀。

“大树在我们砍倒它的时候就已经死去了。但是，这块木柴会一直活下去的。”

“为什么呀？”

“因为那些没完没了的聊天和许愿啊。你看，要是我们把两块木柴并在一起，中间就会有条缝，看，就在这个接合的地方。你要是遇到了伤心事，或是有什么愿望，就可以把它写在纸上，再把纸塞到这条缝里去。这是我爷爷教我的。”

“塞进去，然后呢？”

菲茹泽赫抬起头。她与朱丽叶视线交错。

“木头会吃掉一切。不幸啊，希望啊，它都能吃掉。木头会把它们放在格外安全的地方。这样，我们的双手就空出来了。我们就能摆脱伤心事，或是去实现自己的愿望。这要取决于你托付给木头的到底是什么。”

“所以，”朱丽叶突然开口问，“它是您的吗？”

菲茹泽赫看起来毫不惊讶。她只是稳稳地重新盖好那些放在架子上的油漆桶，然后转身走向窗户。积满污垢的玻璃模糊了外面那片荒芜的死气沉沉的土地，以及那座简陋的小屋……它那歪斜扭曲的轮廓在浓雾中若隐若现，难以分辨。

“是的，呃，也不是。”她回答，“它是您的了，如果您愿意的话。”

25

“你真要这么做。”

这并不是个疑问句。莱昂尼达斯坐在苏莱曼的扶手椅里，像往常一样被烟雾所笼罩。他现在只想确认自己是否听懂了朱丽叶刚才急急忙忙、断断续续地跟他说的那些话。

“这是个好主意，对吧？苏莱曼对你们做的那种要求——就是跟着别人，相当近距离地研究他，再确定他需要什么样的书……那本书能给他带来希望，或者力量，或者愤怒，总之是他缺少的东西……他的要求我从来都没达到过。但是现在，我可以在迷你巴士里装满书，可以去不同的地方观察不同的人，可以多花些时间去了解他们，至少可以比以前多花些时间。这样的话就比较容易了。我是说，比较容易给他们提建议，也比较容易给他们找出合适的书。”

戴帽子的男人——那顶帽子始终扣在他的头顶上——从嘴边取下烟斗，若有所思地盯着烟锅。

“苏莱曼想要做什么，对你来说就那么重要吗？你难道从来没想过，他可能只是个疯子……而我们也只是跟着他一起疯？你把我们看成什么人……拯救灵魂的医生，还是提着药箱到处瞎转悠的医药代表？”

“呃，我……”

该怎么跟他说呢？其实……她的确这么想？她最终相信，不，她最终确信，那或薄或厚的书里同时潜藏着一切疾病和一切良药。我们在书里遇见背叛、孤独、杀戮、疯狂、暴怒……这些东西能扼住你的咽喉，将你彻底毁灭，更不用说它们会对其他人造成怎样的伤害。然而有时候，因为那些印了字的纸张而哭泣，也能拯救某个人的生命。如果我们在非洲小说或是韩国童话里得到灵魂的共鸣，就能明白所有人类其实承受着相同的苦痛，不同地域、不同种族的人其实何其相似，那么我们或许就能相互对话，相互微笑，相互抚慰，彼此交换感激的暗号——无论它们以怎样的形式出现——从而在每一天里努力为对方拂去一些苦痛。所有这些想法，到底该怎么样告诉他才好？朱丽叶生怕在莱昂尼达斯脸上读到不屑的神情。因为……没错，所有这些想法，都像是三流心理医生的说辞。

然而，她对此深信不疑。

于是，她站在街角，等待从杜尔当森林站方向开来的拖车，支付了司机要求的离谱费用，脸上没表现出任何不满，又跟司机一起把那辆迷你巴士卸了下来。现在看来，它不过是一堆报废的金属和塑料，与她先前看到的模样截然不同。那时候……浓雾施展出迷惑人的魔法，让她以为看到了一小团太阳般的金色圆球，在远处那座破破烂烂的棚屋里熠熠生辉。

她给最近的汽修厂打了电话——这回绝不能在运费上大出血了——让对方给出报价单，那份报价单让她的五官都扭曲了。朱丽叶爬上顶楼，拿来最后几罐黄色油漆，买回洗涤剂，亲自投入工作。

莱昂尼达斯把花园里的椅子搬到办公室的玻璃门口，坐在那儿看着她干活儿。有时候，他会给朱丽叶送来杏仁羊角面包和速溶咖啡（他们俩已经完全放弃苏莱曼那台机器了），故作严肃地点点头，又走回他的椅子坐下。传递者们不再来了，流言想必已经传开。当词语从印刷品的重量中解放出来，或许就会拥有千奇百怪的形态，所以，流言甚至比书传得更快。更何况……朱丽叶抚摸着长满霉斑的引擎盖暗想，她所熟知的世界史说不定就是一桩无比巨大的流言，有些人小心翼翼地将它书写出来，而它将会继续改变，不断、不断地改变，直到最后的终结。

但有一件事不会变：他们始终孑然一身，与记忆中的重重暗影为伴。

那辆迷你巴士焕然一新，就像是缠在灌木丛上褪去了死皮的蛇，重新熠熠生辉。在这小小的院子里，它似乎正占据着越来越多的空间。

“它可真大啊。”莱昂尼达斯仍然坐在门廊下没有靠近，那句嘀咕里却含有某种赞赏的意味，“咱们现在干什么？”

朱丽叶站在他身边，一边用力拽下胶皮手套，一边为自己的成果深感骄傲。车身仍然是黄色的，只不过是好几种不同的黄色——原有的油漆不够了，她不得不再买几罐回来。很显然，当初流行的毛莨黄早就已经被鹅黄和葡萄柚黄所取代。引擎盖上还留着一点本来的颜色——那是整辆车保护得最好的部位。真可惜，扎伊德不在，朱丽叶不无遗憾地想着。要不然，扎伊德就可以沿着车门画上好多花。就像几周以前，她在苏莱曼建议自己居住的那间屋子里画的那种花……可扎伊德应该不会再回到这儿来了，至少短时间内不会。莱昂尼达斯倒是要搬到书库来住，还幽默地表示，光靠收上来的全部房租，他的退休生活肯定就能过得有滋有味。他想让苏莱曼的图书传递网重新运作起来。总之，一切都要继续，而且……

“船只都要有个注册港口，”这一天，他看着重新漆好的迷你巴士说，“这辆车就像一条船，嗯，肯定不是什么赛级帆船。它不够细长，倒是挺圆润的，就像小孩子的玩具。它让我想起了披头士乐队的一首歌，你听过没有？叫《黄色潜水艇》。咱们也可以这么叫它，当然啦，要是你觉得没问题的话。”

朱丽叶大笑起来。

“您居然知道披头士？”

“当然知道，就算我是个一百岁的老头，也照样知道他们。朱丽叶，跟我比起来，倒是你更不像自己时代的人。这样挺好的，我不会建议你保持自我，保持现状，因为那跟你希望做到的恰恰相反。可是，你一定要保持那种小小的……唉，说到底，我老啦，脑子不清不楚的，不知道该用个什么词才对。”

“我也不知道。”朱丽叶小声说。

莱昂尼达斯对她微笑，那微笑有些悲伤，但充满了善意。

“说真的，这样更好。”

26

朱丽叶出发的那天早上下着雨，她根本没预料到这样的情形，甚至连想都没想过。那辆黄色迷你巴士（朱丽叶现在简称它为Y.S.，也就是“黄色潜水艇”的英语缩写）停放在四面淌水的墙壁中间。暗灰色的云层紧紧压在屋檐上，既让人心情沮丧，也让它显得黯淡无光。朱丽叶差不多花了一周的时间来筛选书籍，并准备把它们一本挨一本地放在铁皮车厢里固定好的架子上。

“我会时不时地回来‘补货’的。”朱丽叶说。

她边说边笑，莱昂尼达斯也笑了，他跟着说：“等你停在什么地方的时候，别人肯定会来给你送书的，很可能是他们不想要的书。”

“或者正好相反，是他们最喜欢的书……您别这么悲观好不好！把自己喜欢的书送给别人难道不是更好吗？”

莱昂尼达斯宽容地点了点头。

“的确是，不过，朱丽叶，我觉得你还是想得太乐观，甚至不切实际。”

朱丽叶若有所思地沉默片刻，或许是在为他的话感到难过。然后，她像在总结似的说：“您说得有道理，可我更倾向于像这样……保持乐观，哪怕看起来傻傻的。”

经过漫长的讨论，他们终于决定第一趟旅程不带任何系列书，因为朱丽叶不确定自己是否还想回到某个地方去……只为了再留下某个系列的第二卷、第三卷，或者第十二卷。她希望保证自己的自由——自由是如此宝贵的东西，她现在才刚开始学习如何把它牢牢握在手里。普鲁斯特的书要暂时留在书库里，再加上巴尔扎克、左拉、托尔金的书，以及她很喜欢的夏洛特·德尔波的书，还有莉安·赫恩的《凤凰传说》五部曲、弗吉尼亚·伍尔夫的《伍尔夫日记》全集、赫比约格·瓦斯莫的《狄娜之书》三卷本、亚米斯德·莫平的《旧金山纪事》、玛丽昂·齐默·布拉德利的《黑暗之极》系列、村上春树的《1Q84》三卷本、罗伯特·穆齐尔的《没有个性的人》三部曲，以及所有没法用单手拿住的大部头家庭传奇。现在还剩下单卷本书，厚书、薄书、中等厚度的书，还有因为反复翻开及偶尔翻扣在饭桌或沙发上就忘记了而造成书脊开裂的书，闻起来仍然有纸壳和新皮子气味的精装本稀有珍版书，再加上那些包了书皮的书——比如以前的课本。朱丽叶还能想起那些毫不熨帖的塑料书皮，它们不但框住了书脊，还能让你在看书时攥出两手潮乎乎的汗水。

可这些书还是需要筛选，这并不比给书分类更容易。

“我觉得……”

朱丽叶坐在满满一箱口袋本小说上面，不断地轻轻咬着嘴唇——所有爱情小说里的女主角都爱这么做——眉头紧锁。

“说到底，Y.S. 并不是流动图书馆，现在已经有一大堆流动图书馆了。所以，我要选的书用不着迎合所有口味、所有爱好、所有年龄段、所有读者偏爱的领域……对吧？您有什么想法，莱昂尼达斯？”

“什么也没有。”

“啊？‘什么也没有’是什么意思？”

莱昂尼达斯慢悠悠地翻阅着他那本珍贵的昆虫书——他把那本书装在小手提箱里，走到哪儿就带到哪儿——从半框眼镜上方朝她投来严肃的目光。

“我为什么必须得对一切都有想法呢？我的选择肯定跟你的选择不一样。但是就眼下来看，你的想法才是关键。”

“可我也得知道现在看书的人都喜欢看什么呀。”朱丽叶反驳说。

“你真这么觉得？”

“对啊。”

“那就回到地铁上去做记录吧，你之前就做过了，不是吗？”

朱丽叶点点头，没错，她已经开始列书单了——尤其是那些反复出现的书，也就是一周之内，数次出现在不同的人手里的书。

“可那些并不一定是最好的书，”她仍然觉得不妥，“我又不是在搞……呃，出版社的‘当下热销’那一套。”

莱昂尼达斯耸了耸肩膀，手里的放大镜带着爱意扫过彩色插图——那是一只锥头螳螂（Empusa pennata）。他小心地抚摸着它那两根梳齿般的触角，它们看起来格外像小小的干木片。

“各种各样的东西组成了世界，”他心平气和地说，“书的世界也一样。”

这些短途旅程带有告别的意味。除了小说标题之外，她还心怀眷恋地仔细记录了不少画面。在她以前从没注意过的一幅壁画上，一位女性身着芭蕾舞短裙，双腿交叠，闭着双眼轻盈跳跃，她身后是棉花糖色的云朵衬托下的城市风景——她就像是在星辰上舞蹈，或是正在坠落，又像是在梦境中旋转升起。一群鸽子（母鸽子，她暗自认定）漫步在杜布雷站的玻璃顶棚上，一闪而逝的镀金穹顶，塞弗尔-勒古布站前（这是巧合吗？）街道那优雅的弧线，一座巨大的椭圆形建筑，一座大饼似的圆形建筑，另一座覆盖着鳞片般灰色钢板的建筑……每当列车经过，这些建筑之中就会映出颤动的反光，绿色、蓝色、紫色，屋顶花园，远处的圣心教堂。有些小艇沉重地劈开河面，另一些用缆绳系在码头，就像一个个置身于大湖里的竹篱花园，再配上许许多多的小桌子、椅子、长凳……朱丽叶几乎在每一站都会下车，更换车厢，观察每个人的面孔，虽然不愿承认，但她的确在等待着，等待有人终于意识到她的一部分已经不在这里，她正在拥抱种种回忆……于是，那个人会对她微笑，会向她送上祝福，就像新年来临时一样。或者是赠给她一个谜题般的句子，她将要花费数年时间才能猜透。然而，什么也没有发生。朱丽叶最后一次绕过电梯，走上灰色的楼梯，台阶上的云母颗粒在她脚下闪闪发光。她走进雨里，渐行渐远。

蒙蒙细雨连绵不断。朱丽叶冒雨装车，把成箱的书搬上那辆黄色迷你巴士——其中有些书是她早就决定要带着的，还有一些书悄无声息地出现在她视线里，被她无意识地装进了箱子。她已经有些分不清了，不过说到底，这也没什么要紧的。如果说在这里的日子让她学到了什么，那一定是——与书为伴，总有惊喜。

街角的木匠帮她在迷你巴士里安装了带有横向挡板的架子（还好，他并没有没完没了地嘲讽她这辆车），这样车子拐弯时书就不会掉下来了。这些架子很快就被书填满了，车里立刻多了一种奇特的感觉——乍看起来格格不入，细细体会时又觉得热情洋溢。

“这可比苏莱曼的办公室要好，”莱昂尼达斯惊讶地评论着，“呃……怎么说呢……更温馨一些。”

朱丽叶完全同意他的意见。要是不用开车，她一定会找个角落蜷成一团，裹上苏格兰花格旅行毛毯，捧上一杯茶，再从四周堆满了书的架子上随便找一本来尽情阅读。这些书甚至铺满了地板，形成多彩的抽象派地毯，新潮的红色或是亮丽的果绿色混搭着传统封面的象牙白、淡黄和灰蓝。

车里余下的空间十分有限，朱丽叶在这里摆满了各种必需品：可以卷起来的日式床垫、一床被褥、旅行必备的苏格兰花格毛毯、几个折叠凳、装了餐具和瓶装调味品的带盖篮子、露营用的小煤气炉……再加上一些不会腐败变质的食物。当然，还有供晚上阅读用的灯。她把这盏灯挂在一个钩子上，车子开动时，它会晃来晃去，在一排排整齐摆放的书上映出憧憧的光影。

莱昂尼达斯非常担心她：一个姑娘独自一人去公路旅行……朱丽叶盯着报纸上社会新闻版的大字标题，圆圆的眼睛掠过一行行文字。与此同时，莱昂尼达斯正脑洞大开地想象她可能遭遇的悲惨经历——被拖到灌木丛里分尸，或是在停车场最偏僻的角落里被强暴。距离出发时间只剩下几分钟，他站在朱丽叶面前，胳膊来回摇晃，看起来忧心忡忡。朱丽叶把准备好的急救用品包塞到驾驶位底下，转身拥抱了他。

“我一定会格外小心的，放心吧。”

“可你甚至连自己要去哪儿都不知道啊！”莱昂尼达斯像在哀叹似的说，朱丽叶从来没听过他用这样的语气说话。

“有个目的地很重要吗？您真的这么觉得？”

莱昂尼达斯动作生疏地拥抱了她。究竟从什么时候开始，他再也不习惯用拥抱来表达内心的柔情了呢?

“可能吧，我知道这想法很愚蠢。但如果能知道你要去哪里，我会觉得安心一些。”

突然，他眼睛一亮。

“在这儿等我，朱丽叶，我马上就回来，请你先不要走。”

他转身朝苏莱曼的办公室跑去。朱丽叶在原地单脚站着，然后换成另一只脚。此时此刻，她焦虑得胃都绞紧了，可她心里又充满了期待：她迫不及待地想给这里的生活画上句号，迫不及待地想听到引擎的轰鸣声，想把车开上灰色的街道，开向未知的远方。

莱昂尼达斯三步并作两步地跑了回来，他的雨衣在肚子的地方隆起了一个鼓包，看上去滑稽可笑。他气喘吁吁地来到朱丽叶跟前，把手伸到雨衣底下，掏出三本书递给她。

“第一本是扎伊德给你的，”他解释说，“一想到刚才差点忘了给你，我就紧张得不得了。要是我真的忘了，她肯定要怪我的。”

这是英国作家吉卜林的《丛林之书》，朱丽叶感动地接过来翻看它：扎伊德小心地裁下了书里的插图，替换成了自己画的画。一头脚掌格外宽厚的小象瞪圆了惊恐的大眼睛，它的鼻子被一条紫色的鳄鱼紧紧地咬住了；单眼皮的鲸鱼正喷出海水；一只猫高高地竖起尾巴，朝着远方的地平线走去，那里有什么东西若隐若现，看起来非常像是一辆黄色的小卡车。

“我是只独自上路的猫，任何地方对我来说都一样。”朱丽叶小声地说，声音微微哽咽，“您觉得，她是这么看我的吗？”

“你自己这样觉得吗？”

不等她回答，莱昂尼达斯就从她手里拿走了那本动物故事集。朱丽叶屏住呼吸——她认出了第二本书，她从前经常看到这本书。一位面容温和的女士总是把它放在膝头，那位女士就是西尔维娅。她选择了从这个世界上消失，不再沉浸于过去的回忆，也不再缅怀那些失落的滋味或是隐秘的伤痕。

这是一本烹饪书，用意大利语写成，封面破旧，沾了污渍，显然曾经常常被翻看过。

“我非常后悔，”莱昂尼达斯轻轻地说，“我后悔自己从来没有跟她说过话。我们原本可以携手到老，原本可以给予对方无限的快乐，可我不敢跟她说话，我为此怨恨自己。不，朱丽叶，请你什么也不要说。”

他的下唇微微颤抖着，朱丽叶一动不动地看着他。他说得对，她不该说话，不该动。就让他自己把一切都说出来吧。

“苏莱曼跟我说过一些她的事，”莱昂尼达斯继续说道，“她在这世上唯一的亲人是她的侄子，他住在意大利的莱切。这个城市在布林迪西南边……应该是意大利最南的地方了。有一次，她对苏莱曼说，这本书恐怕是她死后能够留下来的唯一一样东西。这些书页之间藏着她的青春、她的祖国，这里有不同的颜色、一首首歌曲，还有种种苦痛，这里有悲伤、欢笑、舞蹈、爱恋，一切。所以……

我真不该开口要求你这么做，可是朱丽叶，我真的希望你能……”

朱丽叶明白了。

“您希望我把这本书带给她的侄子？”

“是的。这最后一本书……”莱昂尼达斯急忙继续补充道，“是本法语-意大利语对话手册，这是我昨天在苏莱曼办公室的一个抽屉里找到的。或许他曾经想亲自去莱切一趟，谁知道呢。街角的报亭里也卖地图……如果你需要，我可以去帮你买。”

“您是不是觉得，我肯定会答应的？可是……我要怎么认出她的侄子啊？至少告诉我他叫什么啊！”

“我也不知道他叫什么，只知道他在一条街上开了家小饭馆，那条街的名字叫‘诺万塔森卡西莫-雷吉门托-方特里亚’。我知道有点长，所以我帮你写下来了。”

“开饭馆……一条街上肯定会有几十家饭馆吧！”朱丽叶叫起来。

她低下头，看着那褪了色的封面。各种绿叶蔬菜、多肉的青椒、正在切奶酪的刀刃。封底上画着一座小山丘、一棵油橄榄树和一座低矮的房子，那画面像是隔着薄雾似的，山丘、油橄榄树和房子的轮廓全都朦朦胧胧。

有时候，人们想要走进书里的景色，她暗想，在那里流连忘返，开始新的生活。

“我会认出他的。”她突然肯定地说。

“嗯，没错，”莱昂尼达斯点点头，接着重复了她的话，“我敢确定，你会认出他的。”

尾声

朱丽叶

我最后一次——至少应该是今年的最后一次，我没法预见更遥远的未来——沿着地铁 6 号线前进，不过并没有乘坐地铁，而是开着黄色潜水艇在悬空的高架桥上行驶。列车从圣雅克站开出时，我也发动车子，速度刚好与之齐平。这列地铁将会在贝尔西站重新进入地下，而我会选择右边的路，通过米歇尔-比佐将军大街，先进入 A6 高速公路的辅路，再找到开上高速的入口。我打算沿着高速一直开到马孔。等到了那里，我一定要离开车来车往的街道主路，尽可能挑选最不起眼的小路前往莱切。我不知道这趟旅行需要多久，但我现在已经觉得欢欣鼓舞。早在搬到苏莱曼的书库去住时，我就把自己的单身公寓租了出去。所以我手里有一点儿钱，可以用来加油、买吃的——至于剩下的事，我就见招拆招吧。我有一个容量大约为 20 升的手提式汽油桶、一个装满衣服的袋子、一件轻便型风雨衣、几双靴子、莱昂尼达斯给我的法语-意大利语对话手册、来自扎伊德的礼物，还有书，许多许多书。

我的头脑里盘旋着不少意大利的地名：亚历山德里亚、佛罗伦萨、佩鲁贾、特尔尼……还有——莫诺波利。每次一想到它，我就会笑出声。因为我把它跟那个独一无二的策略游戏联想在一起了，那个我的父母从来不跟我玩的游戏——地产大亨①。我可以每天掷骰子，决定要往前走多少公里，但我不会满足于游览一块游戏版图，也不会没完没了地重走相同的格子。我要往前走，真真正正地往前走。走向哪里？不知道。等过了莱切，我大概会一直开到海边。然后，我就沿着意大利那靴子形状的海岸线继续走，我要往大湖那里开，往东开，或者往北开。世界简直太大了。

我突然想起和扎伊德一起度过的那个晚上——那差不多是我们跟书库告别之前的最后一晚。扎伊德在厨房的饭桌上放了一个玻璃沙拉盆，又往里面装满了水。她点亮了房间里所有的灯，晃动着手里的吸管。

"你看。"她对我说。

当她的双眼里映出那种特殊的光芒时，扎伊德与她的父亲格外相像。那是魔术师即将化腐朽为神奇时的眼神，它能让你思考眼前所见的究竟是幻觉还是真实。她与她的父亲如此相像，以至于我再次感觉到泪水模糊了我的眼睛，波涛般的情绪在心间涌起，让我哽咽难言。我动用了全部的坚强，才将那起伏的情绪压制下去。

---

① 著名的多人策略类图版游戏地产大亨（Monopoly）与意大利城市莫诺波利（Monopoli）读音相同。——译者注

扎伊德将吸管浸入水中，然后将它举高，朝向饭桌上方悬挂的吊灯。

在那颗慢慢拉长的液滴里，映出了被她捕捉到的整个房间：夜晚的窗户、四块窗玻璃、盖着红布的冷柜、从水槽里露出的平底锅把、被图钉固定在墙上的大照片、照片里被狂风吹弯的巴旦杏树、散落的花朵、被卷走的花瓣、飞舞的纤小天使，或是被献祭的生命。

“世界这么小……可惜我们没法把见过的所有美景都保存在水滴里，还有见过的那些人。唉，我真希望可以这么做，那样的话，我就把它们都收在……”

扎伊德突然停住了，她摇了摇头。

“不，这些都没法收藏，可它们真美。”

我小声说道：“嗯，世界非常美……”

我偷偷用一根手指使劲揉了揉眼角——还是湿了，真糟糕！

我眼里的世界就像俄罗斯套娃一样——我所在的迷你巴士就是一个小世界，它行驶在无比广阔的世界里，所以显得那样小。我身后车厢的地板上坐着面容温和而疲惫的女士、正把过长的胳膊从黑色套头衫那过短的袖子里伸出来的男士，再加上我的母亲，她正气得七窍生烟呢——我马上就要永远离开她曾经为我划定的安全区了。这里还有我原以为自己爱过的所有男人，以及我所有的纸质朋友。不过，它们正摇动着香槟杯或是苦艾酒杯。那是早逝或酗酒的诗人、悲伤的造梦者、坠入爱河的恋人……总之，正如我父亲所说（我和他的上次见面不太愉快，没必要赘述了），都是些“不值一提的人”，我的家庭。

再往前开几百米，我就不能继续沿着这条地铁线路走了。我在人行道旁停了车，看着所有陌生人在眼前匆匆而过。我肯定曾与他们在地铁里相遇过至少一次，我甚至可以辨认出其中一些人，依据是他们的手杖、他们将大衣领子立到眼镜底下的模样，或是他们脚步轻快地走路时，背包在肩胛骨之间来回摇晃的节奏。

接着，我看到了她，没错，那个爱情小说的读者，那个年轻的姑娘。她总是穿着高领毛衣——苔藓绿、胭脂红、蜂蜜芥末黄——显出漂亮的胸部轮廓，总是在第 247 页开始哭泣——在那一页，一切似乎毫无希望。“这是最好的时刻。”苏莱曼曾经这样说。

我觉得自己已经翻过了第 247 页——并没有很多。刚好只有几页，刚好可以品味那个姑娘脸上灿烂的微笑。她的胳膊底下夹着一本又厚又大的小说，一看就有 450 页。

她把那本书放在一张长椅上，然后才在我眼前走过，再没去看它。接着，她跑了起来。突如其来的念头将她抛进一个巨大的旋涡，快点，快点，她得赶紧抓住它。

排在我后面的司机们不耐烦起来，但我始终没有发动车子。我无法从那本书的切口处移开目光，那里露出一张硬纸书签，白色、斜切边、线条平直。

我打开尾灯双闪，将车停在左侧的人行道边。三四辆车从我旁边超了过去，匆匆摇下的车窗里传出喇叭声和咒骂声，汇成一首震耳欲聋的交响乐。我甚至没有回头。我并不想回头，一点儿也不想，不想看他们愤怒的双眼和扭曲的嘴角。是啊，他们都很着急。而我呢，我有的是时间。

我走下 Y.S.，朝那张长椅走去。我没看那本小说的标题，真正让我感兴趣的是那枚书签。我的手指探入光滑的书页之间。

第 309 页。

> 玛努埃拉的额头抵着那件柔软光滑的丝质晚礼服。
>
> “我好累。”她低声说。
>
> 那双有力的手臂将她圈在当中。
>
> “来吧。”有人附在她耳边说，正是她每天夜里在梦中听见的那个声音。

“来吧。”我心下一动，小说在手里重新合上，只露出那枚小小的长方形硬纸片。地铁 6 号线上的姑娘还没看到结局就放弃了她的小说——故事差不多还有三分之一呢。这其中可能藏着多少波折、离别、背叛、回归、亲吻和炽烈的拥抱啊？或许，最终一幕将会发生在开往美洲的游轮甲板上。船头的两个人影，笑声随风远去，或是一片寂静。因为幸福同样会让人不堪重负，正如无可挽回的失去一样。

看吧，我已经开始在脑袋里书写这本书的结局了。或许正因如此，它才会在这张长椅上。它在等待我，或者别人来占有它。它希望我能填满它，用那些无人敢承认的浪漫幻想，用我们略带羞耻、偷偷品味过的故事来填满它。可她并没有觉得羞耻。没错，就是她，曾经常常在地铁上、在我面前哭泣的她。现在，她正在街上奔跑着，跑向谁？跑向哪里？我将永远无从知晓。而且，她把自己的书留在了这里。

我把手放在封面上，它已经有点发潮了。我希望有人能在潮气完全钻进书页之前发现它。我不会把它带走的，目前我决定要做的是给予，而不是索取。万事皆有定时。

迷你巴士就在那里，在等着我。我的左手攥着车钥匙，攥得紧紧的。

返回车上之前，我弯腰取出了那枚书签。我把它轻轻塞进了套头衫底下，让它紧贴着我的皮肤。斜切出的尖角戳到了我的胸部，我爱这戳刺的感觉——这细微而隐秘的痛苦。

我知道，它将会伴随着我，很久很久。

在这第一个早上，朱丽叶的旅伴有：

《冰宫》塔莱·韦索斯著（*Palais de glace*, Tarjei Vesaas）

《猫头鹰在哀叫》珍妮特·弗雷姆著（*Les hiboux pleurent vraiment*, Janet Frame）

《尼尔斯骑鹅历险记》塞尔玛·拉格洛夫著（*Le Merveilleux Voyage de Nils Holgersson*, Selma Laguerlöf）

《我的哥哥，他的弟弟》哈坎·伦德维斯特著（*Mon frère et son frère*, Hakan Lindquist）

《秀拉》托妮·莫里森著（*Sula*, Toni Morrison）

《出航》弗吉尼亚·伍尔夫著（*La Traversée des apparences*, Virginia Woolf）

《玻璃球游戏》赫尔曼·黑塞著（*Le Jeu des perles de verre*, Hermann Hesse）

《泥女人》乔伊丝·卡罗尔·欧茨著（*Mudwoman*, Joyce Carol Oates）

《魔山》托马斯·曼著（*La Montagne magique*, Thomas Mann）

《白日的诞生》科莱特著（*La Naissance du jour*, Colette）

《播种期》菲利普·雅各泰著（*La Semaison*, Philippe Jaccottet）

《低沉的声音》关口凉子著（*La Voix sombre*, Ryoko Sekiguchi）

《人类》罗贝尔·安泰尔姆著（*L'Espèce humaine*, Robert Antelme）

《茨维塔耶娃诗选》玛琳娜·茨维塔耶娃著（*L'Offense lyrique et autres poèmes*, Marina Tsvetaïeva）

《危险关系》肖代洛·德·拉克洛著（*Les Liaisons dangereuses*, Choderlos de Laclos）

《如在梦中的老翁》翁贝托·萨巴著（*Comme un vieillard qui rêve*, Umberto Saba）

《我知道笼中鸟为何歌唱》玛雅·安杰洛著（*Je sais pourquoi chante l'oiseau en cage*, Maya Angelou）

《百年孤独》加西亚·马尔克斯著（*Cent ans de solitude*, Gabriel García Márquez）

《管教的甜蜜岁月》芙洛尔·雅埃吉著（*Les Années bienheureuses du châtiment*, Fleur Jaeggy）

《劳拉》西尔维娅·唐森·沃纳著（*Laura Willowes*, Sylvia Townsend Warner）

《根西岛文学与土豆皮馅饼俱乐部》玛丽-安·谢弗，安妮·拜罗斯著（*Le Cercle littéraire des amateurs d'épluchures de patates*, Mary Ann Shaffer, Annie Barrows）

《沙之书》豪尔赫·路易斯·博尔赫斯著（*Le Livre de sable*, Jorge Luis Borges）

《枕草子》清少纳言著（*Notes de chevet*, Sei Shônagon）

《娜吉玛》凯特布·叶辛纳著（*Nedjma*, Kateb Yacine）

《航标》圣-琼·佩斯著（*Amers*, Saint-John Perse）

《夜访吸血鬼》安妮·赖斯著（*Entretiens avec un vampire*, Anne Rice）

《母地纪事》伊丽莎白·沃纳伯格著（*Chroniques du pays des mères*, Élisabeth Vonarburg）

《欲望悬流》劳拉·卡塞斯克著（*À Suspicious River*, Laura Kaschiske）

《跳房子》胡里奥·科塔萨尔著（*Marelle*, Julio Cortázar）

《幸福前的那天》艾瑞·德·卢卡著（*Le Jour avant le bonheur*, Erri De Luca）

《一匹小马和一辆车》安娜·佩里-布凯著（*Un petit cheval et une voiture*, Anne Perry-Bouquet）

《他人的痛苦》薇尔·麦克德米著（*La Souffrance des autres*, Val McDermid）

《冰雪》安娜·卡文著（*Neige*, Anna Kavan）

《粗石》费尔南·布永著（*Les Pierres sauvages*, Fernand Pouillon）

《钟形罩》西尔维娅·普拉斯著（*La Cloche de verre*, Sylvia Plath）

《安提戈涅》亨利·博修著（*Antigone*, Henry Bauchau）

《金阁寺》三岛由纪夫著（*Le Pavillon d'or*, Yukio Mishima）

《我们歌唱的时代》理查德·鲍尔斯著（*Le Temps où nous*

chantions, Richard Powers）

《与狼共奔的女人》克拉丽莎 · 品卡洛 · 埃思黛丝著（*Femmes qui courent avec les loups*, Clarissa Pinkola Estés）

《情妇们》若瑟兰 · 弗朗索瓦著（*Les Amantes*, Jocelyne François）

《巴黎北站》阿布德卡代 · 杰麦著（*Gare du Nord*, Abdelkader Djemaï）

《米莱娜》玛格丽特 · 布伯-努曼著（*Milena*, Margarete Buber-Neumann）

《致一位年轻诗人的信》莱纳 · 玛利亚 · 里尔克著（*Lettres à un jeune poète*, Rainer Maria Rilke）

《生命的流浪：一个流浪汉的自传》吉姆 · 塔利著（*Vagabond de la vie, autobiographie d'un hobo*, Jim Tully）

《书记员巴特尔比》赫尔曼 · 梅尔维尔著（*Bartleby le scribe*, Herman Melville）

《雪国》川端康成著（*Pays de neige*, Yasunari Kawabata）

《问尘情缘》约翰 · 芬特著（*Demande à la poussière*, John Fante）

《达尔娃》吉姆 · 哈里森著（*Dalva*, Jim Harrison）

《米莱叶日记》米莱叶 · 艾维著（*Journal*, Mireille Havet）

《独立诸阳》阿玛杜 · 库鲁马著（*Les Soleils des indépendances*, Ahmadou Kourouma）

这张书单很不完整，但我们不可能把 Y.S. 上的所有书一一列全。我在列举的时候没有遵循任何顺序，所以，你们看到的书单也是完全乱序的。那些忠诚的朋友们给了我极大的帮助（在此一并表示感谢）。许多图书馆正是因为这样的乱序和群策群力而具有非凡的魅力。你们也可以把自己偏爱的书和新发现加入这张书单，比如你愿意推荐给朋友的所有书，当然，也可以是想推荐给死敌的书——如果魔法生效，他将会变成你的朋友。

或者也可以是你想要留给地铁上的邻座（无论男女）的书。